房総グランオテル

越谷オサム

祥伝社文庫

目次

「動くな！」

夜の客室に響く、張りつめた声。

黒い銃口が、細かく震えながら私のみぞおちあたりを狙っている。グリップを強く握りすぎて鬱血した指と、光沢のない、持ち重りのしそうな銃身。

撃たれたら、やっぱり痛いのかな。それとも、痛みを感じる暇もなく死ぬのかな。

突きつけられた拳銃にうろたえて空転する頭を必死に働かせ、恐怖に唇を震わせる一方で、私はどこかぼんやりとそんなことを考えていた。

客室は七人もの人間がひしめき合っているとは思えないほど静かで、時間が止まったようにみんなが言葉を失っている。聞こえるのは、窓の隙間から染み込む波音と虫の音ばかり。

どうして、こんなことになっちゃったんだろう。明日はせっかくの休みなのに。まだ家と学校と、この小さな町くらいしか知らないのに。たったの十七歳なのに。

とにかく、何か言わないと。痛くても痛くなくても、撃たれるのは嫌だ。死にたくない。

月ケ浦駅に着いた各駅停車は二十人あまりの高校生と数えるほどの地元客を降ろすと、休む間もなく房総半島をさらに南へと走り去っていった。

午後四時半過ぎ。空はまだ明るいけれど、ホームの照明にはもう光が点っている。十月も半ばに差し掛かって、さすがに日が短くなってきた。そして、涼しい。跨線橋を渡る同世代の中には半袖姿の男子なんかもいるけど、暖かいこの南房総でもさすがにちょっと寒そう。

改札を抜けると、こぢんまりとした駅舎の中に佇む人と目が合った。大学生？　若い。首から一眼レフカメラを下げている。足元には、魚釣り用のクーラーボックスみたいに大きなバッグ。予備のカメラとかレンズとかが入ってるやつだ。

私を見て一瞬だけ「おっ？」ていう顔をしたカメラ男は、すぐに興味をなくしたみたいで視線を外した。待ち合わせ中だったか。まあこっちも、かっこいい男の人ならともかくオタクっぽいネルシャツ君に興味はないので、足を止めずに駐輪場に向かう。

通学バッグを前カゴに収め、自転車の鍵を外す。サドルに座ると、うっかり口から「やれやれ」なんて言葉が出そうになる。高校がある大原から下りの列車に揺られることおよそ十分、よそ行きの顔でずっとおとなしくしていたのが、自分専用の乗り物に乗り換えてほっとするのかもしれない。ここから先は自分だけの時間、という感じがする。まあ我が家の場合はちょっと特殊で、「よそ」が住居の中まで入ってきてるような環境なんだけど。

オフシーズンの静かな駅前通りを走り、交差点を右に折れたところで、湿った海風を顔に浴びた。低い山塊が南西方向に伸びた形の房総半島は、太平洋の波にえぐられて所々に南向きの砂浜を形作っている。そのうちの一つがこの月ヶ浦なのだ。

「やれやれ」

今度は、声に出して言う。このあたりは人通りもほとんどないので、海水浴シーズン以外なら人に聞かれる心配もない。

道が海岸通りと合流すると、視界が一気に開けた。進行方向の左手には、住宅に交じって飲食店とか釣り宿、民宿が並ぶ。右手には、ゆるやかに湾曲する広い砂浜。夕日を浴びて金色に光る波間には、ウェットスーツ姿のサーファーたち。そして私の頭上では、背の高いヤシの街路樹が海風に大きな葉を揺らしている。生まれてから十七年ずっと見てきた地元の光景だけど、やー、いい所だなー。老後に住みたい。いや、老後どころか胎児の頃から住んでるんだけど。

海岸の東端に突き出た岬をダイヤモンドヘッドに見立てて「ワイキキに似てるけど、こっちのほうが好き」なんて言うお客さんもいるけど、私はワイキキのことはテレビくらいでしか知らないから、月ヶ浦と比べてどっちがいい所かはわからない。でも、きっと月ヶ浦だ。なにしろ外房にあるこの湾は、海は青く月色の砂浜は海亀が産卵に来るほど清潔で、夏の海水浴シーズンなんて「最高」以外に形容する言葉が見つからない。それに海産物にも恵まれていて、伊勢海老も鮑も金目鯛もたくさん獲れる。こんな土地が東京から特急列車でたったの一時間二十分。勝った。圧勝。ワイキキが気の毒になるくらいの圧勝。

ちょっと浮かれた気分になっているのは、あさってが高校の開校記念日で休みだからというのもあるかもしれない。

久しぶりに、ハルカがお泊まり会でやってくる。高二になった今も、なんだか小学生の頃みたいにワクワクしてしまう。べつにお泊まり会といっても、ただ夕飯食べて家業の手伝いを申し訳程度にしてお風呂入ってテレビ見て布団敷いて寝るだけなんだけど、ちょっとした旅行気分も味わえてむやみに楽しい。

等間隔に植えられたヤシの下を走っていると、ちょっと異質な光景に視線をからめ捕られた。

広い砂浜の中で女の人が一人、風にそよぐ髪を手で押さえながら海を見つめている。なんだか、背中が暗い。夕方の陽射しを浴びてオレンジ色に染まる砂浜の中で、そこだけ先に日没が来たみたい。

「うーわー」と呟きながら後ろ姿を見ていたら、道の端に置かれたキャリーケースにもう少しでぶつかりそうになった。ピンクでかわいい。あの女の人のか？　かわいいけど、似合わないなあ。あの後ろ姿にはくたびれたボストンバッグと、そうだな、北の港町が似合う。どうも旅行者みたいだけど、なぜにこんな、「海！　太陽！　ビーチ！　それからね、金目のお刺身おいしいよ！」みたいな土地へ？

　くどくど考えながらペダルを漕いでいたら、今度はヤシの木にぶつかりそうになった。頭を切り替え、運転に集中する。

　弓形の海岸の端が見えてきたあたりで信号のない横断歩道を渡り、私は自転車を降りた。スナックと民家の間の横道に入り、車輪をスロープに載せて短い石段を上る。車止めの鉄柱をすり抜けて最初の十字路を曲がれば、白い壁もまばゆい我が家。海とは反対側に設けられた玄関の上では、〈房総グランオテル〉の看板が、かつてその下に設置されていた〈漁師民宿　ふじひら荘〉の金文字看板の跡を覆い隠すように掲げられている。

　なかなか、特殊な家庭環境だとは思う。私が生まれる八年前に木造から鉄筋コンクリート二階建てに建て替えられた、全七室の民宿兼食堂。短いアプローチの左右に立てられた

〈お食事処〉と〈海鮮料理〉の幟旗が、夕暮れどきのそよ風に揺れている。

向かって右手、食堂側の裏手に自転車を停めて、玄関のガラス扉を開ける。板張りの玄関ホールには〈→お食事　←ご宿泊〉の案内板。これを設置しようと提案したのは何を隠そうこの私。おかげで、うっかり靴を脱いで宿泊エリアに入ってくる食事のお客さんがゼロになった。

九歳当時の藤平夏海ちゃんの秀でた仕事ぶりに目を細めつつ、二本の矢印の先のどっちにともなく声を掛ける。

「ただいまー」

「おかえりー」

右手の食堂側から、包丁がまな板を叩く音と一緒にお父さんの声が聞こえてきた。五時の開店に向けて、今日も仕込みの真っ最中だ。

「おかえりー」

今度は、左手の住居の方からお母さんの声。

革靴を脱ぎながら、靴脱ぎ場に目を走らせる。見慣れない靴は一足もなく、並べられたサンダルにも上がり框のスリッパにも乱れはない。つまり、今夜のお客さんはまだ一人も到着していないということだ。

私専用のチェック柄のスリッパに履き替えて、玄関ホールに上がる。

左手のリビング兼事務室のドアを開けると、ちょうどお母さんがA型看板にチョークで〈本日のおすすめ〉を書き終えたところだった。カンパチか。いいな。私もおこぼれにあずかれるかな？

「おかえり」

「ただいま」

エプロン姿のお母さんに挨拶し、制服のまま部屋の隅のパソコンデスクに座る。

「夏海、名簿チェックの前にシンクにお弁当箱出してきて」

「へーい」

玄関先にA型看板を出しに行くお母さんに生返事をし、今夜の予約者名簿を開く。一人客ばかり三名。オフシーズンの平日ということを割り引いてもちょっと寂しいなという客数だけど、ゼロじゃないだけいい。最大二十八名収容の館内で家族三人以外に人気がない日というのが年に何度かあるけど、あれは気味が悪いもんだ。

画面上の名簿に目を走らせる。

佐藤舞衣子　2泊4食

菅沼欣二　1泊2食　※イセエビ鬼殻　アワビ酒蒸
田中達郎　2泊素泊まり

全員、住所は首都圏。釣りとかサーフィンで来る常連さんの名前はない。

特筆すべきは菅沼さんだ。別料金の伊勢海老の鬼殻焼きと鮑の酒蒸しもご予約済み。今は鮑の禁漁期間だから出すのは養殖ものだけど、それでもけっして安くはない。リッチだなあ。古くさい名前から推理するとたぶんおじいさんだけど、食べきれるかな。

あとは、佐藤さんと田中さん。サイトの予約フォームでは職種とか勤務先の情報までは要求していないから、平凡な苗字からはどんな人かはわからない。わかっているのは、女性の佐藤さんは1号室に通されるだろうということだ。東端のあの部屋なら、並びの2号室以降との間にはリネン室があって離れているし、部屋の向かい側も、回り階段と繁忙期だけ開放している六畳間が二つ並んでいるだけだから、女の人でも安心だろう。

で、素泊まり二泊の田中さんはこれ、夜はいいとして朝ごはんはどうするんだろう。近所にある飲食店といえばお寿司屋さんとか中華屋さん、あとはスナックくらいのもので、どこも朝は営業していない。コンビニだって、いちばん近い店でも歩けば二十分ちかく掛かる。

これは、遠さに負けて泣きついてくるパターンかな。一泊目は持参した物を食べるか根性で遠出するかできるとして、二泊目の朝は家族用の質素な朝ごはんを提供して何百円かもらうことになりそうだ。まあ、こっちとしてはその分儲かるからいいんだけど。

スリッパの音がして、お母さんが玄関先から戻ってきた。

「夏海。べ、ん、と、う、ば、こ」

「へいへい。先に着替えてくる」奥の部屋に向かいかけた足が、一歩で止まった。「そうだ、プリント配られたんだ」

「ん？　何？」

「進路アンケート」

通学バッグに収めたクリアファイルからプリントを抜き取り、お母さんに差し出す。

まだ二年生だし、うちは進学校でもないから、進路アンケートといっても大雑把なものだ。進学希望か就職希望か、進学の場合は文系か理系か、就職なら希望の職種はどういうものかなどを、いくつかの選択肢から選ぶ程度。

〈進学〉〈4年制大学〉〈文系〉の部分がマルで囲んであるプリントを、お母さんが黙読する。そして、〈都内もしくは関西の英語学科か観光学科希望〉と尋ねられてもいないのに私が書き添えた余白に目を留めると、敵は予想どおり表情を消してきた。

　わざと、気楽な調子で水を向けてみる。

「下の所に親の署名とハンコを捺して、開校記念日明けに提出だって。いまサインしちゃってもいいよ？」

　お母さんも、あえて気楽な調子で答えた。

「とりあえず、これは預かっとくね。お父さんにもあとで読んでもらうから」

「えー」

　やっぱり今回も、進学に難色を示してきた。一人娘を手元から放すのが不安らしいけど、気を回しすぎだよ。

　心配性の夫婦の片方が、諭すように言った。

「夏海ね、まだ二年生なんだし、焦って選択肢を狭めなくてもいいんじゃない？　お母さんなんか高卒だし、お父さんも専門学校までだけど、こうやってちゃんと商売できてるんだし」

「それはわかってるよ。『ちゃんと商売できてるんだ』から、娘を大学に行かせるくらいの蓄えはあるんじゃない？」

　相手の言葉尻をとらえてささやかな抵抗を試みると、お母さんがギロッと目を剝いた。

　まずい。

「子供が家のお金のことを詮索するんじゃないの！」

首をすくませたところで、この部屋と食堂にある固定電話が同時に軽快な呼び出し音を発した。タイミングのよさに、端末たちが頃合いを見計らってお母さんを諌めてくれたようにも思えてしまう。

受話器を取ると、お母さんは声色を商売用に変えた。

「はい、房総グランオテルです。はい、はい、菅沼さん。ええ、承っておりますー」菅沼って、伊勢海老アンド鮑のお客さんだ。「――駐車場ですか。ええとですね、海側からだと石段を迂回しなくちゃならないんでちょっとわかりにくいんですけど、いま海岸通りにいらっしゃいます？　じゃあ、案内しますんでちょっとお待ちください。はいー」

電話を切ると、お母さんは目を爛々と輝かせた。

「来た来た。伊勢海老アンド鮑のお客さん」

進路については意見の隔たりがあるけれど、このへんの発想はやっぱり親子だ。

アンケート用紙を棚の抽斗にしまうと、当館の女将はスキップするような足取りで部屋を出て行った。

交渉が棚上げになってしまったので部屋の奥の引き戸を開け、続き間になっている仏間でひいじいちゃんとひいばあちゃんの仏壇に軽く手を合わせる。旧ふじひら荘の二代目経営者であるこの二人は私が生まれる前から写真立てに収まっているので、直接会ったことはない。とりあえず、りんを鳴らして「かわいいひ孫が東京か関西の大学に進学できますように」とお願いしておく。

仏間の北側のふすまを開けると、東西に伸びる短い廊下。突き当たりには採光窓があるけど、家族の部屋と客用の廊下に挟まれたここは昼でも暗い。

仏間ととなり合った引き戸は、今は近所でセミリタイア生活をしているじいちゃんばあちゃんが使っていた和室。次のドアが両親の部屋。そして東の端にあるのが、私の寝室のドア。

窓のカーテンを閉めるとパーカーにルーズフィットのデニムというらくちんな恰好（かっこう）に着替え、ベッドに座って携帯電話の通知を確認する。それが済むと通学バッグから空の弁当箱を取り出して、私は食堂へ向かった。ついでに何かお菓子を探して、テレビでも眺めながらひと休みしよう。

従姉妹（いとこ）のハルカは泊まりに来るたびに「よく他人がうじゃうじゃいる所で自分ちみたいに寛（くつろ）いでられるね」なんて言うけど、なにしろここが自分ちだから私は気にしたことがない。そう言うハルカこそ、よく男子の目がある教室でスカートのまま机に座ったり脚を組み替えたりできるもんだと、私なんかは思うんだけど。

歩いてきた廊下を戻る。今度は仏間やリビング兼事務室には立ち寄らず、採光窓の反対側にあるドアから直接玄関ホールに出た。

「どうぞどうぞこちらへ。ろくなおもてなしもできませんけど」

外から、お母さんの声に続いてなんだかむやみに陽気な声が聞こえてきた。

「やー、立派な佇まいじゃないですか。玄関先も掃除が行き届いてるし、これは料理にも期待しちゃうなあ」

ヘラヘラと笑いながら現れたのは、革のジャケットに赤いパンツの中年男性。パーマがとれかかった長めの髪が、潮風にかき乱されてグシャグシャになっている。左手には小旅行用の小ぶりな鞄。右手に提げてるひょうたん形の大きな物体は、ギターのケースか。

「いらっしゃいませー」

食堂の方から飛んできたお父さんの声に「どうもー」と応えた男性が、オフホワイトのコンバースを脱いだ拍子に私に目を留めた。

「いらっしゃいませ」

南の国の国旗みたいに派手な色合いのパンツに目を奪われつつ、平静を装って挨拶する。

「どうもどうも。お世話になります。アルバイトの子？」

「いえ、うちの娘です」

お母さんが答えると、赤パンは大袈裟(おおげさ)に驚いてみせた。

「へーっ。こんなかわいらしい娘さんが。自慢の看板娘だね」

いや、わかってるんだぜ？　これがハルカと同じ血筋を引いているのかと、二人を知る誰もが首をかしげるほど凡庸(ぼんよう)な外見だってことぐらいは。

「どーもー。看板娘ですー」

心中で皮肉を述べつつも笑顔で愛嬌(あいきょう)を振りまいてしまうあたり、やっぱり私は商売人の血筋なんだと思う。

「やあどうも、菅沼です。よろしくね」

見たところ、欣二という名前から想像していた年齢より二十歳から三十歳は若い。五十手前くらい？

赤いパンツの菅沼欣二さんに、お母さんがホールの奥の窓辺にある応接セットを勧める。

「着いた早々で恐縮ですけど、宿帳にご記入いただけますか。それと、お代も先にお願いしてますので」

「ああ、はいはい」

宿泊カードとルームキーを取りにお母さんがリビング兼事務室に向かうと、ソファに座った赤パンは「はー」だの「へー」だのと感心したような声を発しながら玄関ホールを見回した。といってもとくに変わった物があるわけでもない。飲み物の自動販売機と、男女のトイレを含めたドアが四つ。漫画が大半の本棚と、外房の観光地のパンフレットが並んだラック。お母さんが摘んできたコスモスの花瓶。月ヶ浦駅の時刻表。それから、壁に掛けられたヘタクソな漁船の油絵。そんなもんだ。

ただ、感心するような物ではないけれど、なんの変哲もない漁船の絵というのはたしかにちょっとめずらしいか。

「うちの叔父さんの船です。下手の横好きで油絵描いてて」

「いい趣味だねえ」

「ま、絵の腕前はこんな感じですけど、漁師としてはなかなかだと思いますよ？　うちで出してる魚の大半は、叔父さんが獲ってきたのを身内価格で買ってるものなんです」

「へー、そうなんだ。それはますます楽しみだなあ」

「期待していいと思いますよ。ところでそれ、ギター？」

ソファの傍らのケースを指さしたら、相手はうれしそうににっこりした。

「そう。看板娘ちゃんも弾く人？」

看板娘ちゃん、と来たか。

「や、楽器は小三で挫折しました。リコーダーの高いレから上が出せなくて」

そう答えると、赤パンは目尻を皺だらけにして「だははははは」と大笑いした。声、でかいな。

「お待たせしましたー」

宿泊カードと2号室のルームキーを手に、お母さんが玄関ホールに戻ってきた。リネン室を挟んで1号室のとなりの部屋だ。

「じゃ、ごゆっくり」

一礼し、赤パンの「またねー」の声を背にサンダルをつっかける。

食堂に入ると、厨房の中でお父さんが魚の鱗を丁寧にすき引きしていた。白い調理服に和帽子という姿。民宿の親父にしてはけっこう本格的なのだ。

私に気づき、口をへの字にしていたお父さんが四角い顔を上げる。ちなみにお母さんは形のいい細面で、その間に生まれた私はといえば、残念ながら二人の中間よりはややお父さん寄りだ。

「おかえり、夏海」

「ただいま」

窓越しの夕日に目を細めながら応える。夜の営業開始前に日が落ちる季節も、すぐそこまで来ている。

シンクの脇に弁当箱を置いて、業務用冷蔵庫を開ける。真鯛や鯵や地元のブランド豚はおろか、主役級の金目鯛をも差し置いて、伊勢海老と鮑が棚にどーんと鎮座している。二つとも、二日前までに予約があったときだけ仕入れる高級食材だ。氷水に浸かっている伊勢海老はもちろん、濡れ新聞にくるまれて殻の形だけがうっすら浮かんでいる鮑も、この時点ですでにうまそう。

「お客さんのだぞ」

お父さんが、カンパチの頭を切り落としながら私に釘を刺す。

「わかってるよ」

リッチでグルメな赤パンへの羨望を振り払い、グラスに注いだ烏龍茶と煎餅を手に南の窓際のテーブルに着く。夏の繁忙期なら食堂の営業が始まると同時に三組も四組もお客さんが来る日もあるけれど、今日はのんびりしていられそう。

夕日を背に煎餅を齧り、「生魚」が「食材」になっていく音を聞きながら、壁のテレビを眺める。興味をそそられるニュースもとくになくて、そのうち窓の外に目が向いた。海岸通りはおとなりの屋根に遮られて見えないけど、その向こうの砂浜と海の眺望はけっこうなものだ。うん、ワイキキが気の毒。

　ただ、ここからの眺めもいいけど、客室のある二階からの眺めはもっといい。とくに、ここの真上の6号室からの角度は最高だ。あの部屋は六人くらいなら余裕で寝られるほど広いし、角部屋で窓も二面あるし、テレビもほかの部屋より大きくて、旅館顔負けの豪華さだ。

「ああそうだ、お父さん」

　仕込み中のお父さんに声を掛ける。

「ん？」

「明日だけど、6号室使っちゃダメ？」

「ダメ」

　考えるそぶりも見せずにかぶりを振る。

「いつもよりいっそう丁寧（ていねい）にお掃除いたしますよ？　なんならシンクのグリストラップ掃除だってやっちゃう」

　シンクの排水口の下に設置されたあの油脂受けは、鼻が曲がるほど臭いのだ。

「ダメなものはダメ」

　お父さんが、四角い顔をもう一度左右に振る。もうちょっと粘（ねば）ろうかそれとも素直に引き下がろうかと思案していると、玄関ホールからお母さんの声が聞こえてきた。

「それじゃ、お部屋までご案内しますー」

「はい、どうも」

赤パンの声は、高校の教室ほどもある食堂の隅にまでよく届く。ひょっとして教師？　いや、そんな雰囲気じゃないな。じゃあ、建設現場で働いてる人？　それにしては色が白いし、体つきも華奢だ。

カンパチを三枚におろしたところで、お父さんが声のした方を顎でさす。

「挨拶しに行きそびれちゃったけど、どんな人だった？」

「赤いパンツのお調子者」

「なんだそりゃ」

「まあ、うちにとって悪い人じゃないんじゃない？　なにしろ伊勢海老アンド鮑をご注文くださったお客様だし」

「そうか。仕込みを放り出して挨拶に行けばよかったかな」

「大丈夫。代わりに看板娘ちゃんが応対しといたから」

「看板娘ちゃん？」

お父さんが顔を上げたところで、玄関の方で女の人の声がした。

「――あのー、すいませーん」

「あ、誰か来た」

立ち上がり、魚を捌(さば)いているお父さんに頷(うなず)きかけて玄関ホールに出る。

「いらっしゃいませ」

おやまあ、という顔をしそうになるのをかろうじてこらえ、私は靴脱ぎ場に佇む人物に声を掛けた。傍らにはピンクのキャリーケース。砂浜で海を見ていた、あの女の人だ。

「予約した佐藤です」

そうか、この人か。背中は三十代後半の疲れた女だったけど、向き合ってみると思ったより若い。見たところ、三十前後の疲れた女だ。どっちにしろ疲れてる。

「お待ちしてました。どうぞ、靴を脱いでお上がりください。あ、キャリーケースはとりあえずそのままで」

赤パンのときと同じように窓際の応接セットを勧め、リビング兼事務室から取ってきた宿泊カードとペンを差し出す。ルームキーは、念のため親の判断を仰(あお)いでから渡すことになっている。

どうせ1号室なんだから取ってきちゃおうかな、と考えかけたところで、手を洗ったお父さんが食堂から出てきた。

「どうも、いらっしゃいませ」

どう見ても宿の主（あるじ）というより料理人という恰好なので、念のため紹介する。

「お父さんです。いちおう、ここの主人」

「あ、よろしくお願いします」

佐藤さんが伏目がちに会釈（えしゃく）する。血色悪いな。思い悩んで幾星霜（いくせいそう）、という顔つき。悩みごとなんかなーんにもなさそうな赤パンとは正反対だ。

夕飯のだいたいの予定時間やアレルギーの有無を尋ねて二泊分の代金を受け取ると、お父さんは「ちょっとお待ちくださいね」と佐藤さんに伝えてリビング兼事務室に入っていった。

宿泊カードの記入はもう終わったのに、佐藤さんの視線はテーブルに落ちたまま。赤パンみたいにキョロキョロすることもなければ、突っ立ってる私に話しかけてくる様子もない。どうも、自分の世界に入っちゃってるご様子。

——俺ぁ反対だよ。女の一人旅は危ねえ。客室で手首でも切られたらどうすんだ。

しわがれた巻き舌が、急に耳の奥で聞こえた。じいちゃんだ。

いや、まさか。じいちゃんの時代ならともかく、今はもうそんないかにも訳あり女性客なんていないでしょ。一人客を受け入れるようになって一年以上になるけど、そんな事故は一度も起きてないし。

とは思うんだけど、ちょっと自信がなくなってきた。この佐藤さんの生気のない横顔を見ていると、自分が民宿の玄関ホールじゃなくて病院の待合室にいるように思えてくる。

気づまりな空気をもてあましていると、廊下の方からスリッパの音が近づいてきた。赤パンの案内を終えたお母さんが、新顔を見つけて「まあまあ、いらっしゃいませ」と声を弾ませる。

「お母さんです。いちおう、ここの女将」

紹介すると、佐藤さんは呟くように「よろしくお願いします」とお母さんに挨拶した。

「女将です。何もない宿ですけど、どうぞごゆっくり寛いでいってくださいね」

お母さんの声に、当惑がうっすら滲んだ。やっぱりそうだよね、この人、普通の観光客とはちょっと毛色がちがうよね。コーデュロイのジャケットや水色のショルダーバッグを見るかぎり、ビジネス利用という感じでもないし。

「こんばんはー。やってる？」

背後で声がした。振り向くと、線路向こうにある別荘地の常連さん夫妻が玄関に立っていた。

「あ、はいー。どうぞどうぞ。いま行くんで適当に座って待ってて」笑顔で案内してから、お母さんが私の耳に口を寄せる。「お父さんは？」

「事務室。会計中」

「わかった。じゃあ、あんたがキー受け取って部屋までご案内してくれる？　お母さん、ちょっと井上さんにお冷出してくるから」

「うん？」いつもなら二つ返事だけど、今回は語尾が疑問形になってしまった。「うん」気遣わしげに振り返りながらお母さんが食堂に消えると、入れ違いにお父さんがお釣りとルームキーを手に戻ってきた。食堂に常連さんが来たことを説明し、キーを受け取る。ほら、やっぱり1号室だ。

「ごゆっくり」と、これまた気遣わしげに振り返りながら食堂に向かうお父さんを見送ってから、佐藤さんに向き直る。

「じゃあ、お部屋までご案内しますねっ」

　雰囲気を変えようと声を励ましたら、必要以上にすこやかなトーンになってしまった。相手が沈みに沈んでいるだけに、相対的に自分がものすごいバカになったみたい。

　くじけずに話しかける。

「そうだ。部屋に行く前に、キャリーケースのキャスターだけちょっと拭いてもいいですか？」

宿泊エリアは土足禁止なので、キャスターは雑巾できれいにしてから運び込んでもらうことにしている。

「あ、ごめんなさい。拭く拭く。自分で拭きます」

キャリーケースの持ち主は私の手から雑巾を取り、一脚ずつ丁寧に拭った。愛想はないけど常識はある人らしい。

どうも中身はそんなに重くないみたいで、佐藤さんはピンクのキャリーケースを片手で持ち上げて、私のあとについてきた。

玄関脇から東に伸びる廊下を先に立って進み、開けっぱなしの引き戸のそばで立ち止まる。

「ここが洗面所です」佐藤さんを手招きし、採光窓の下にずらっと並んだ洗面台を見せる。「左右に扉がありますよね。あれが脱衣所。女湯があるのは右側のあのドアです。お風呂は、夜は十時まで。まあ実際は十二時ちかくまでお湯を抜かないことが多いけど、うちの家族と混浴になるんで、それだけ頭に入れといてください。いや、女同士で『混浴』っていう言い方はおかしいか。あはは」

「あ、はい」

スベったか。

「あと、部屋の座卓に食事の時間とか金庫の使い方とか書いた紙があるんで、詳しいことはそれ読んでください。私の説明よりずっとわかりやすいですよ。自分で言ってるし。あははははは」

「……あ、はい」

黙って歩くことにする。

お風呂のとなり、廊下の端の回り階段を上がって二階に出る。1号室はすぐ目の前だ。ドアの鍵を開けて踏込(ふみこみ)でスリッパを脱ぎ、その先のふすまを開く。

十畳間の入り口で、私はつい立ち止まってしまった。血で赤く染まった布団の中で横たわる佐藤さんの姿が、夕闇の中に一瞬見えた気がしたのだ。

ばかばかしい妄想だということは自分でもわかってるんだけど、やっぱりぎょっとする。

壁のスイッチを点(つ)ける。昼光色の照明に照らされたのは、いつもと変わらぬ和室。障子の閉められた窓。バスタオルとハンドタオルがセットされたタオル掛け。座卓と、一対(いっつい)の座布団。ポット。くずもの入れ。床の間のテレビ。目覚まし時計。よし、ルームメイクの漏(も)れはない。大丈夫。自殺なんて考えすぎだ。

「どうしたの？」

背後から心配の種に問いかけられ、「いえっ」と声がひっくり返ってしまった。

大丈夫、だよね？　早まった真似なんかしないよね？

つい、まじまじと目を見てしまう。

「……な、何か？」

至近距離での見つめ合いに相手がひどく動揺する。こっちもだ。

「あっ、いえっ、どうぞどうぞ。ごゆっくり。ええと、布団は押入れの上段にあるんで、ご自分で敷いてください。浴衣もあります。下段に金庫があるんで、貴重品なんかはそこへ。で、朝になったら布団は適当に畳んでおいてもらえれば。それから、夕飯と朝ごはんは食堂でお願いします。あと、なんだったっけ。ああ、トイレと洗面所は二階と一階どっちも使えますんで。ちなみに部屋のドアはオートロックじゃないんで気をつけて。まあ、詳しくは座卓の注意書きを読んでください。ハイこれ鍵」

相手の手にルームキーを押しつけ、廊下に出ると私は佐藤さんを部屋に閉じ込めるような勢いでドアを閉めた。

いやもう、何やってんだ。

これで最後と決めた列車にも、彼女の姿はなかった。

月ヶ浦駅の改札を出た客はわずかで、それぞれが自宅へと散っていくと小さな駅舎にはまた僕だけが取り残された。脱力し、待合室のベンチに腰掛ける。同じことの繰り返しも、これで五回目だ。

ため息を一つついて、蛍光灯の下で再生ボタンを押す。一眼レフの液晶モニターに、朝日の中のあの微笑(ほほえ)みが映された。

何十回、いや、何百回見つめてきたかわからない。テストを兼ねて撮った一枚に偶然写り込んだ彼女は、この陰気な夜の駅舎をもまばたき一つで菜の花の咲き乱れる春の朝に変えてしまえそうに見える。

もちろん、静止画は半年前のまま凍りついたように動かない。友達らしい後ろ姿に微笑みかける口元と、わずかに覗(のぞ)く白い歯。朝の風をふわりとはらんだ髪。濃紺(のうこん)のブレザーと、スカートの下から伸びる白く長い脚。「可憐(かれん)」という言葉を絵にしたら、彼女の形を結ぶのではないだろうか。

少なく見積もっても五歳は年下の女の子に一目惚れしてしまうなんて、自分でも褒められたことではないと思う。それでも、居ても立ってても居られなかった。一枚の写真にとられ続けるくらいなら、話しかけてにべもなく断られるほうがまだましだ。もちろん、『月刊写真世界』への投稿を認めてもらえたら、それ以上のことはないのだが。

電源を切り、僕は改札の傍らに掲げられた時刻表をたしかめた。次の安房鴨川方面行きまではまだ四十分ちかくもある。頑張ってもう一本待つべきだろうか。だが、七時半過ぎの列車ともなれば高校生の姿はさらに少なくなるだろう。一人も乗っていない可能性もある。

膝の上の安物カメラを、おなかに押しつける。空腹だ。

昼に千葉駅の構内で立ち食いそばを食べたきりで、胃にはもう何もない。しかし見たところ、駅前にファストフードのチェーン店などはない。携帯電話で調べてみたが、いちばん近いコンビニエンスストアでも歩けば五分以上掛かる。近場で食事がとれそうなのは個人経営の居酒屋くらいのものだが、僕にはハードルが高い。寿司屋などは論外だ。

今夜泊まる民宿も、二食付きのプランとなると代金が一気に倍以上も跳ね上がり、素泊まりで予約するしかなかった。定職のある人には常識的な範囲の値段なのかもしれないけれど、僕には高い。アルバイトの収入でも気兼ねなく入れる店がこの海辺の観光地にあるのだろうかと、時間の経過とともに不安が増してくる。次の列車にこそ彼女が乗っているかもしれないという希望も、胃と一緒に縮んでいくようだ。

何かの行事があって、彼女の学年が短縮授業だったのかもしれない。あるいは風邪をひいて学校を休んだのかもしれない。いずれにせよ、彼女に出会える可能性が高いのは夜よりも朝の時間帯だろう。写真を撮った七時四十九分の列車を中心に二、三時間ここで待っていれば、きっとやってくるはずだ。

だから今夜はやはり、このあたりが切り上げどきかもしれない。あまり遅くまでねばって風邪をひいたりしたら元も子もないし、寝不足では彼女を見逃してしまうおそれもある。それがいちばんこわい。制服のデザインはすっかり覚えてしまったのでほかの高校とすぐに見分けがつくし、あの美しい顔は目を引くはずだけれど、まさかということもある。

ただ、今日僕がここに来た午後二時半からいま現在までについては、彼女はぜったいにここを通らなかったと断言できる。写真と同じ制服を着た女子生徒は何人か見かけたけれど、どれもハゼかアンコウのような顔ばかりで彼女とは似ても似つかなかった。

一人だけ、好奇心丸出しの目で僕を観察していった子もいたが、写真の彼女と比べるのは気の毒なほど凡庸な外見をしていた。ハゼやアンコウほどひどくはないが、いずれにせよ「大衆魚」といった印象だ。

いい方向に考えよう。同じ制服のハゼやアンコウたちがこの駅を利用しているということは、少なくとも写真の彼女は遠方から合宿などでたまたまこの月ヶ浦に来ていた生徒などではない。地元の学生だ。明日の朝こそきっと会える。それに、宿は二泊予約しているのだ。朝が空振りでも夕方がある。夕方がだめでも、翌日の朝と夕方がある。よし、今日はここまでにしよう。

そう決めてしまうと、まぎらせていた空腹がいっそう強くなった。とりあえず、コンビニまで歩くことにする。

ベンチに置いたカメラバッグのファスナーを開け、低スペックの入門機をしまう。本格的にカメラに取り組んでいる人の物なら、中にはサブ機や交換レンズなどが隙間なく詰まっているのだろうが、僕のはそうではない。親から借りたバッグの中に入っている機材は望遠ズームのキットレンズだけで、たっぷり空いた隙間には重石(おもし)代わりの着替えが押し込んである。

これはやっぱり、たちの悪い嘘(うそ)だよな。

この期(ご)に及んで顔を覗かせた後ろめたさを、ため息で追い払う。

ふいに、ジーンズのポケットで携帯電話が震えた。画面に表示されたのは０４７０から始まる番号。民宿かもしれない。

「もしもし」

『あ、もしもし、えー、田中達郎さんの携帯電話でおまちがいないでしょうか』

　中年の女性の声だ。

「はい」

『お世話になります。房総グランオテルです』

「あ、どうも」

　やはり、電話は民宿からのものだった。

『ええと、今日から二泊でご予約いただいているんですが、今はどちらに?』

「あ、駅です。月ヶ浦駅」

『ああ、わかりました。それでそのー、お着きは何時頃になりそうですか?』

「はあ、何時頃……」

　民宿に泊まるのは初めてなので、要領がよくわからない。サイトに書いてあったかぎりでは、門限は十一時だったはずだ。短い沈黙を相手が破る。

『うちはお食事のラストオーダーが八時でしてね、念のためお伝えしておこうかと。食べそびれちゃったらなんなので』

そうか。個人宅で経営している宿だから、チェックインが遅くなるのを伝えなかったのは迷惑だったかもしれない。でも、ラストオーダーとはどういうことだろう。

「あの、僕、素泊まりですけど」

『あら、そうでしたね』回線の向こうで、女性がコロコロと笑う。『ごめんなさい。うちで召し上がるものだと思い込んじゃって』

「あの、注文できるんですか？」

『ええ。朝以外は食事だけのお客さんもオッケーですから。舟盛りなんかの準備に時間がかかる物は当日はちょっと無理ですけど、それ以外の定食とか丼物(どんぶりもの)でしたら』

知らなかった。料理はコースの注文しか受け付けていないものと思い込んでいた。丼物なら、僕の予算でも間に合いそうだ。

「そうですか。じゃあ、今から行きます」

『では、お待ちしております。お気をつけて』

「はい」

通話を切ると、僕はすぐさまベンチから立ち上がった。カメラバッグのストラップを肩に掛け、すっかり日の暮れた屋外に飛び出す。鼻を、潮の香りが刺した。

夜の月ヶ浦町は、観光地とは思えぬほど静かだった。駅前通りに賑(にぎ)わいらしいものはなく、古い民家や看板の外された商店跡の合間を飲食店や宿泊施設の明かりがぽつりぽつりと道を照らしているばかりだ。同じ海辺の観光地といっても、子供の頃両親に連れられて行ったワイキキとはだいぶ様子がちがう。

人工音よりも虫の音のほうが大きな通りを折れ、ときおり携帯電話の地図に目を落としながら海辺の道路に出る。進行方向の反対側に見える観光ホテルのあたりこそ明るいけれど、進む先はカラカウア通りの華（はな）やぎとは比ぶべくもない。砂浜に沿って伸びるこの道路だけはオレンジ色の街灯に照らされて明るいけれど、沿道の建物はどれも小ぶりで質素だ。右手の海は真っ暗で、沖に船のものらしい明かりが明滅しているほかは何も見えない。

ただ、そんなに悪くない気分だ。寂しいが、冷たくはない。規則的に繰り返す波音と虫の音がそう思わせるのか、それとも、写真の彼女が住んでいる町だという思い入れが、そう感じさせているだけなのか。

曲がるべき角を二、三十歩ばかり行き過ぎてから立ち止まり、携帯電話とにらめっこをしながら道を引き返す。紫の看板を点したスナックと民家の間に切り開かれた横道の入り口に、〈お食事・ご宿泊　房総グランオテル　1つ目角右折〉の看板がひっそりと佇んでいた。

石段を十歩あまり上り、看板の指示どおりに十字路を右折する。車二台がどうにかすれ違えるほどの道の右手、海側に二階建ての白っぽい建物があった。玄関の上に掲げられた〈房総グランオテル〉の看板が、暖色のライトに照らされて夜の中に浮かび上がっている。おおむね民家二軒分の大きさの二階建ては、英語でいう「グランド・ホテル」を名乗るにはずいぶん慎ましやかだ。だが、素泊まりとはいえ一日半ほどのアルバイト代で二泊できる料金設定は魅力だし、ここは一人客でも泊まれる。駅から遠いことにさえ目をつぶれば、僕には最適な宿だ。

少しばかり心臓の鼓動を速めながら、玄関の扉を引き開ける。肌にまとわりつく海風から逃れられ、ほっと息が漏れた。

ほの暗い電球色の光の下、玄関ホールに人影はない。案内板によると右手が食堂だそうで、ドアのない入り口からは人の声とテレビのものらしい音声、そして食器の立てる音が、照明の光とともに漏れている。

「……すいませーん」

いくぶん躊躇しながら、光とざわめきの方へ声を掛ける。

「はーい」すぐに返事があった。出てきたのは、電話の印象より二十も三十も年少の女の子。空色のパーカを着ている。「あ、どうも」

顔見知りのような挨拶をされたが、面識はない。

「あの、予約した――」

不思議に思いながら僕が切り出すと、女の子は咄嗟に取りつくろうような笑顔を見せた。

「いらっしゃいませ。田中さんですよね？　お待ちしてました」

「はあ」

今度は、僕がつくろい笑いを浮かべる番だった。ずいぶん若い経営者だ。

「すぐにお部屋にご案内できますけど、どうします？　先にお食事でも」

「あ、じゃあ、食事で」

飛びつくような勢いで答えてしまった。

「では、こちらへ。靴のままどうぞ」

通された食堂には、十人ばかりの客がいた。さほど大きな店でもないので、人数以上に賑わっているように感じられる。

「お母さん、田中さん」

女の子に告げられ、テーブルの食器を片付けていた中年女性が「いらっしゃいませ」とこなれた微笑みで会釈した。どうやら、彼女が電話の主だったようだ。考えてみれば当然だ。民宿とはいえ、中学生かせいぜい高校生の年恰好で経営者が務まるはずがない。

「どうぞ、お好きな席へ」

「あ、はい」

細面の女性に勧められ、入り口からざっと見渡す。右手にはレジと、厨房を囲むL字形のカウンター。中では四角い顔の板前が口をへの字にして調理をしている。

左手には窓に沿ってテーブル席が並んでいるが、五卓のうち四卓には先客がいる。手前の二卓は三人以上のグループで、僕が入ってきたことにも気づかず会話に興じている。奥の二卓は、それぞれ男女の一人客。僕と目が合った女性客が、会釈を装った仕草で視線を逸らした。僕が言えた義理ではないけれど、なんだか陰気な人だ。

迷った末、僕はカウンターの角を曲がったあたりの席を選んだ。店の奥のカウンター席なら丼物しか注文しない客でも目立たずにいられそうだし、陰気な女性のそばのテーブルは居心地が悪そうだ。

勧められたカゴにリュックを収め、どう見ても入りきらないカメラバッグは床に置いて、席に座る。お冷を運んできた女の子が、カウンターテーブルにメニューを広げながらそっと僕に尋ねてきた。

「駅、いましたよね？」

「はい？」

「夕方。四時半過ぎ」

相手の顔を、初めてまともに見る。

「ああ！」

大衆魚だ。顔見知りのような挨拶をされた理由がわかった。

「やっぱり」三時間ほど前までブレザーを着ていた相手が、にっと歯を見せて笑う。「注文が決まったら声を掛けてください。じゃあ、ごゆっくり」

そうか、写真の彼女と同じ高校の生徒か。

「あっ、ちょっと」

「はい？」

呼び止めてしまってから、何を話したらいいのかあわてて考える。同じ高校の女子生徒に一目惚れしたことを急に打ち明けたりしたら、相手に気味悪がられるだけだろう。

「ええと」大急ぎでファイルを繰り、安いメニューを探す。「かき揚げ丼、ください」

「はい。かき揚げ丼いっちょー」

「あいよっ」

応えた板前が、僕と視線が合うと目を細めて会釈した。僕も、首をすくめるようにして挨拶を返す。

　伝票にペンを走らせた高校生はトコトコと歩いてレジのそばの席に座ると、カウンターに広げたノートに目を落とした。宿題をやっているらしい。アルコールの入った客たちの声は小さくなく、背後のテレビからはにぎやかなバラエティ番組が流れている。けっして勉強に適した環境とは思えないのだが、本人は気にする様子もない。

「うまいっ」

　右手からふいに発せられた大きな声に、僕は視線を引き寄せられた。角のテーブル席に陣取った浴衣姿の中年男性が、厨房の板前に向かって親指を立ててみせる。

「ご主人、この伊勢海老の鬼殻焼き、最高！」

　大げさに褒めちぎり、燗酒（かんざけ）をうまそうに喉（のど）に流し込む。顔が赤い。

「どうも、ありがとうございます」

　板前が、人のよさそうな笑みを浮かべて頭を下げた。「ご主人」ということは、雇われた板前ではなくここの経営者だったか。言われてみれば、調理中のへの字口はカウンターで宿題とにらめっこをしている高校生と似ている。

　乾（かわ）ききっていない髪を後ろで束ねた男性が、よく通る声で続ける。

「いやあ、このミソがまた、身とからめて食べると絶品。つき出しの鰈（かれい）の煮こごりからカンパチの刺身から、何食べてもうまいや。この宿にして正解でしたよ。名前もいいしね、房総グランオテル」

「そうですか？　どうも」

はにかみ笑いを浮かべてから、主人がへの字口に戻る。

ほどよく焦げ目のついた身を口に運び、男性は小さく呟いた。

「本当に、うまいなあ」

声は、それなりに距離のあるはずのこのカウンター席にまでまっすぐに届いた。本当に、よく通る声だ。

僕の視線に気づくと、髪の長い男性は箸を置いて「こんばんは」と会釈をしてきた。

「あ、どうも」

絡んでこないだろうな、と背筋がこわばる。

「泊まりですか？」

「ええ」

「僕もです。一泊だけですけどね」

ほつれた髪を耳に掛けながら、「君は？」と問うように顔を傾ける。

「あ、僕は二泊で」

「そうですか。いいなあ、明日もあさってもあって」

うらやましげにそう言い、乾杯をするように御猪口(おちょこ)を持ち上げる。成り行き上、相手に合わせて僕もお冷のグラスを手に取った。相手に絡むつもりがなかったことがわかり、感づかれぬように安堵(あんど)の吐息をつく。

御猪口を呷(あお)った男性はそっと目を閉じ、香りまで味わうように鼻から息を抜いた。酒をほとんど飲まない僕から見ても、うまそうだ。

主人と二、三言葉を交わした女性が、男性のテーブルに歩み寄っていった。お銚子(ちょうし)を手に取って、中身を御猪口に注ぐ。

「菅沼さん、このあとが鮑で、次に天麩羅(てんぷら)なんですけど、どうしましょうか。ネタをヅケか何かにして明日の朝ごはんに回すこともできますけど」

酌(しゃく)を受けた男性が、赤い顔を左右に振った。

「いえ、ぜひ今夜食べたいです。胃袋がはち切れてもかまわないから」

目尻に皺を寄せておかしそうに笑い、女性が続ける。

「そうですか？　おなかいっぱいになりそうだったら言ってくださいね。鮑、ちょっと大きいの蒸してるところですから」

「わ、楽しみだなあ。あと女将さん、お酒もう一本」

「はい」

女将が空いた皿を手にしたところで、レジの裏手の電話が軽快な呼び出し音を発した。

それと同時に、カタンと大きな音が響く。

男性のとなりのテーブルで、短く叫んだ女性客が腰を浮かせた。グラスを倒してしまったらしい。

「あらあらあら。服は濡れてない？　布巾持ってくるからちょっと待ってて。夏海ー、電話出てー」

「はいよー」

母親の呼びかけに娘が軽やかに立ち上がり、電話を取る。

「大丈夫？　コップは割れてないみたいだけど」

テーブルや食器の裏側を拭きながら、女将が女性客に尋ねる。

「……すみません」

消え入りそうな声が、僕の耳にまでかろうじて届いた。声は、顔つきほど陰気ではないようだ。

「いいのいいの。いま、替えの烏龍茶持ってくるから」

「あ、いいえ、いいです。もう食事も終わりましたし。本当にすみません、ぼんやりしてて」

斜め後ろに当たる僕の位置からでは、女性の表情は見えない。しかし、かなり動揺しているようだ。

「お母さん。予約の問い合わせ」

電話の内容を知らせに来た娘に女将は「わかった。いま行く」と告げ、女性客に尋ねた。「じゃあ、デザート持ってこさせましょうか。梨を切っただけだけど」

「いいえ、もう、おなかいっぱいですから。部屋に戻ります。ごちそうさまでした」

女性客は椅子(いす)を鳴らして立ち上がると、しきりに頭を下げながら食堂を出て行った。部屋に戻るということは、彼女も宿泊客らしい。

あっけにとられた様子で女性客を見送った女将は、ふと我に返って電話の方へと小走りで向かった。母親の代わりに食器の片付けを始めた娘に、菅沼と呼ばれた男性客が話しかける。

「佐藤さん、だっけ? どうしちゃったんだろうね」

「さあ。チェックインのときからあんな感じですけどね」

「なんか、思い詰めてる様子じゃない?」

「あ、やっぱりそう見えます?」仕事の手を止め、娘が菅沼さんのテーブルに歩み寄る。

「学校帰りにたまたま見かけたんだけど、あの人、ここに来る前に浜でずーっと海を見つめてて――」

「夏海」

厨房から父親の咎めるような声が飛び、娘は肩をすくめると片付けに戻った。

おしゃべりな娘に嘆息すると、主人はへの字口に戻ってボウルを手早くかき混ぜた。中身がそっとフライヤーに落とされて、大量の油が陽気でにぎやかな音を立てる。きっと僕のかき揚げ丼だ。

どう見ても勤め人風ではない中年男や幽霊のように陰気な女のことで頭はいっぱいだが、胃はそんなことは気にも留めずぎゅうぎゅうと鳴った。

三十分も前から聞こえていた音の正体が、廊下に出てはっきりした。ギターと、歌だ。

階段に向かいかけた足を止めて思案する。部屋の案内書きには、経営者家族の入浴時間は午後十時からとあった。まだ余裕はある。

茶羽織の衿を正すと、私は廊下を奥へ向かって進んだ。初めは、どこかの部屋の客が音量を上げてテレビを見ているのだろうと考えていたけれど、そうではない。誰かがこの民宿でギターを弾き、歌っているのだ。

音の出所はすぐにわかった。リネン室を挟んでとなり合う2号室だ。張りのある弦の音色と伸びやかな歌声が、ドアを貫(つらぬ)き廊下一杯に満ちる。

歌っているのはおそらくビートルズの曲だけど、洋楽に明るくない私に確信はない。「ヘルプ」、だっただろうか。相当歌いなじんでいるようで、うるさくて迷惑だが、うまい。これほど音程が正確なら、テレビの音声と勘ちがいさせられたのも不思議ではない。そして、うまいだけではなく声が若い。

誰だろう。夏海というこの宿の娘が言うには、今夜の宿泊客は私のほかに二人しかいないらしい。聞こえてくる声の若さから考えれば、あの大きなカメラバッグの青年だ。だが、食堂でのおどおどした様子と、周囲の客の存在を意にも介さぬこの歌いっぷりは、どうもうまく結びつかない。

では、菅沼という髪の長い中年男だろうか。年恰好とはかけ離れた瑞々(みずみず)しい歌声だが、食堂に入ってくるなり用もないのに話しかけてくるような馴(な)れ馴れしさを思えば、頷けなくはない。また、あのくらい大きな声の持ち主でなければ、こうも喉に余裕を感じさせる歌い方はできないだろう。

それにしても、うるさい。もう夜の十時ちかくなのに、何を考えているのだろう。よし、抗議してやろう。ひとこと言ってやらないと気が済まない。

ノックをしようと、ドアに歩み寄った瞬間だった。

――ああ？　なんだよ佐藤。

苛立(いらだ)たしげな舌打ちと、デスクからこちらを睨(にら)み上げる目が、突如としてドアの前に現れた。上司の宮里(みやざと)だ。息が詰まり、手が止まる。

宮里の姿はすぐに消えた。当たり前だ。私は旅行に来たのだ。今日は平日。有給休暇を取った私以外の社員は東京にいるはずだし、まして宮里がこんな千葉の外れまで追いかけてくるはずがない。

心臓が、痛いほど強く拍動する。ドアの外の気配には気づいていないらしく、楽しげな歌声は止まらない。

陽気で非常識で歌のうまいサーファー崩れ風と、常に不機嫌で職場中に暴言を吐き散らすスーツ姿のサラリーマンとでは、外見こそまったく対照的だ。が、おそらく年代は近い。二人とも私がもっとも苦手な、いや、今の職場に配属されてから苦手になった、五十前後の男だ。

つまりは、あの極楽トンボのような菅沼も、ひとたび機嫌を損(そこ)ねれば上司のような悪魔に豹変するのかもしれない。

そう考えると、抗議どころではなくなってしまった。ドアから飛び退き、歌声から逃げるように廊下を戻る。メイク落としのミニボトルを取り落とし、つんのめるようにして拾う。

自分の部屋の向かいにある階段を下り、チェックインの際に教えられた洗面所の引き戸を開け、閉める。歌声が遠ざかり、ようやく胸の鼓動が落ち着いてきた。

呼吸を整えながら、四つ並んだ洗面台に設置された鏡を見つめる。大きなガラスに映る顔は土気色で、まるで死体のようだ。とくに、目の下の隈がひどい。一年間どうにか耐えてきたが、積み重なった心労はもはや化粧では覆い隠せなくなっている。二十歳過ぎまでは、ノーメイクのときでも血色がいいと褒められたほどなのに。

学生時代は、いま思えば自分の黄金期だった。十代の前半から二十二歳まで楽しい思いをたくさんしたツケが、三十歳になった今になってまとめて回ってきたのかもしれない。

八年どころか十八年分も老け込んだ顔を目にし、そんな思いが頭をよぎる。しかし、今の境遇を嘆いてみても何も変わりはしない。せめて、風呂で少しでも心身の疲れを癒そう。

そう思い直し、ドアの上に掲げられた〈女湯〉の札を確認してから脱衣所の引き戸を開ける。

お尻。

「お？」

屈んだまま、宿の娘がこちらを振り向く。

「あっ、ごめんなさい」

誰もいないものと思い込んでいた私は動揺し、咄嗟に洗面所に戻ろうとした。

「あ、いやいや、どうぞどうぞ」足首から抜き取った下着を脱衣カゴに放り込むと、夏海という娘は私を手招きした。「逆に、こっちこそびっくりさせちゃってごめんなさい。まだお客さんの時間なんだけど、まあ、そのへんは臨機応変に」

夏海は恥ずかしがる様子もなく笑い、端に寄せてあった衝立を引き戸の前に移した。

「これで、外からいきなり開けられても大丈夫」

両手を腰に当て、どうだとばかりに頷いてみせる。裸のまま。

「あ、はあ」

目のやり場に迷いながら、私は曖昧な返事をした。

「それじゃお先に」

髪をタオルで包むと、夏海はすりガラスの引き戸を開けて浴室へ入っていった。続いて、シャワーの水音が聞こえてくる。

　バスタオルをかき抱き、初めてピアノ教室に来た子供のように脱衣所のあちこちに目を走らせる。隙間なく敷き詰められた籐莚。壁の高い位置には換気窓。壁際に並んだ扉のないロッカーは六人分。つまり、六人までは同時に入れるということか。

　部屋の隅で浴衣と逡巡をまとめて脱ぎ、娘には倣わずタオルで前を隠しながら引き戸を開ける。

　浴室の内部は一般家庭よりはもちろん広いが、温泉旅館や観光ホテルの浴場とは比べようもないほど小ぶりな物だった。壁には狭い間隔でカランが四つ並んでおり、造りつけの浴槽は、人が四人も入ればお湯がなくなってしまいそうだ。

　端を使ってくれればいいのに、夏海は真ん中寄りの左側にあるシャワーで体を洗っていた。右端の蛇口をひねり、シャワーを浴びる。なるほど、端は壁に当たった水滴が跳ね返るのか。

「はいこれ」

　手が伸びてきて、ボディソープやシャンプーなどのボトルがこちらに寄せられた。

「あ、どうも……」

　間にカランが一つあるとはいえ、近い。手を伸ばせば肩に触れるほどの距離しかない。

壁際いっぱいまで寄って私が体を洗っていると、泡をすすいだ夏海は背後の浴槽に移っていった。

「あふー」

脱力した声が、浴室に響く。

狭さも手伝い、温泉や銭湯とはちがってどうしても他者の存在を強く意識してしまう。それは相手も同じなのか、背中に視線を感じる。洗い場の鏡が湯気で曇っているせいでたしかめられないけれど、気のせいではないようだ。じっと観察するような目が向けられているのが、振り返るまでもなく肌でわかる。

視線を意識しながらぎこちなく体を洗い、私は何食わぬ顔を作って女子高生の前を横切った。相手と横並びで浴槽に入り、内壁に腕を擦（こす）りつけるようにして肩まで浸かる。おそるおそる手足を伸ばしてみたが、まったく寛げない。

「湯加減、どうですか？」

「ははい？」

声が裏返ってしまった。

「熱かったりぬるかったりしたら言ってくださいね。設定温度変えられるんで」

「あ、うん。大丈夫。ちょうどいいです」

「よかった。ここって、建物に比べて水回りは案外きれいでしょ」

「ああ、たしかに」

トイレにはすべて温水洗浄便座が付いていたし、一階も二階も洗面所の鏡は大きく、洗面台のレバーは軽くて水切れもよかった。

「リフォームしたんですよ、四年前かな？　もう建て替えて二十年超えたからって」

「そうなんだ」

よく喋(しゃべ)る子だな、と思いつつ相槌(あいづち)を打つ。

「でね、そのタイミングですよ。うちの両親、ついでに屋号までリフォームしちゃって」

「はあ」

「なんで変えちゃうのって聞いたら、古めかしい『ふじひら荘』のままじゃ、ネットで宿探しする人の目には留まらないだろうなんて言って。なんか、言い訳っぽいっていうか、後付けっぽくないですか？　ひいひいじいちゃんの代から続いてきた伝統の屋号を捨てた後ろめたさが透けて見えるような」

「それで、『房総グランオテル』に？」

「そう。どう思います？　このネーミング」

大きく出たな、という印象ではある。

「まあ、いいんじゃないかな。『ふじひら荘』はたしかに、私みたいな女の一人旅だと尻込みするかも」

「ふーん。やっぱりそういうもんですか。なるほどなあ。住んでると感覚が麻痺するのかもなあ」

「ああ、そうだよね」相手をどう呼ぶべきか、少し迷う。「夏海ちゃん、は、毎日ここでお客さんに交じって暮らしているんだもんね」

「はい。お父さんお母さんと、じいちゃんばあちゃんと、お客さんと、繁忙期に手伝ってくれるパートさんたちと、あと私、っていうのが、私にとっての家庭の光景で」

「あ、おじいさんとおばあさんも住んでいるんだ。見かけなかったけど」

私がそう言うと、夏海はお湯から出した両手を左右に振った。

「いや、今は近所で隠居してます。ただ、金曜土曜と予約が多い日は手伝いに来るんで、半分一緒に住んでいるようなもんですけど」

「ああ、そうなんだ。一人っ子でも感覚は大家族なんだね」

「ほんとそのとおりです。そういう環境だからか私、いろいろずれてるみたいで」

何か思い出したのか、声に笑いが滲む。

「ずれてる？」

「従姉妹がときどき泊まりに来るんですけど、『よく人前でポイポイ服を脱げるね』なんて言うんですよ。でも、服着たままじゃお風呂入れないじゃないですか」

理屈としてはたしかにそのとおりだが、感覚としては従姉妹の肩を持ちたい。

どう答えたものかと言葉を選んでいると、夏海はだしぬけに語気を強めた。

「だいたい、『人前で』って人聞き悪いですよね。男の目がある所じゃぜったい脱ぎませんよ。私が裸を見せるのは女の人だけ！」

間の抜けた熱弁が、リフォーム済みの浴室にこだました。二の句が継げないとはこういうことか。

この際、内容は問わない。何か口から音を発さなければ、ますますおかしな空気になってしまう。

「ずれてるといえば」相手の言葉に、爪の先をかろうじて引っかける。「いや、ずれてるというほどでもないけど……」

「なんですか？」

「いや、あの食堂の中でよく勉強できるな、なんて思ったんだけど」

「ああ、まあ、従姉妹にもよく言われるんですけど、宿題とかは昔からあのレジ脇でやってたし」何が問題なのだろう、とでも言いたげな様子だ。「勉強は自分の部屋でもするけど、静かすぎて逆に集中できなくて。それに、離れた所に一人でいるのも寂しいじゃないですか」

「うるさくないの？」

「でも、東京の高校生とか大学生も、カフェなんかで勉強するでしょ？　同じようなもんですよ」

　カフェには、アルコールの入った中高年男女の笑い声やバラエティ番組の音声はない。たしかに、少しずれた子のようだ。

　濡れた両手を、夏海は何か名案でも思いついたようにパンと打った。

「ああそうだ。明日、その従姉妹が泊まりに来るんですよ。かなり個性的というか、変わってておもしろい子ですよ。明日は私と一緒に2号室か5号室に泊まるんで、紹介しますね」

　二日後の朝にはチェックアウトする旅行者に従姉妹を紹介して、いったいこの子はどうしたいのだろう。部屋で一緒にトランプでもしようというのだろうか。同世代ならそれもあるかもしれないが、高校生が十あまりも年長の女にそれを求めるだろうか。

　おそらくは単純な厚意からの言葉で、「それは楽しみ」と適当に合わせれば済むことなのだろう。しかし、些細なことに引っかかりを覚えて口ごもってしまった。理不尽な暴君に振り回され続け、人に対して疑心暗鬼になっているのかもしれない。

考え込んでしまったこちらの顔を、夏海が横合いから覗き込んでくる。

「あのー」

「ははい？」

「口に合わなかったですか？」

「え？」

「夕飯。天麩羅とか、ほとんど手つかずでしたよね」

まずかったのではない。料理はどれもおいしかった。ただ、ストレスで食が細っている上に、グラスを倒してしまったことに気が動転して食堂を飛び出してしまったのだ。職場の物と同じ電話の呼び出し音にああも心をかき乱されるとは、自分でも想像していなかったことだ。

「ごめんなさい、烏龍茶こぼしちゃって」

食事に何も問題はなかったことを伝えるべきなのに、出てきたのはそんな言葉だった。人を気遣う余裕もなく、一も二もなくミスを詫びる。そんな毎日が、こういったなんでもないやり取りにまで影を落としているらしい。

料理を褒めるきっかけを探っていると、夏海が急に明るい声を作った。

「明日は、どんな予定ですか？」

「明日？　明日は、まだ決めてないけど……」

早起きして展望台から日の出を見ることだけは決めているが、その後のことは考えていない。職場から離れるのが第一で、観光などはまったく頭になかったのだ。

「そうですか。玄関ホールにパンフがいろいろあるんで、チェックしてみるといいですよ」

興味はないが、今度こそ厚意に応えようと話を合わせる。

「そしたら、あとで読んでみようかな」

「あ、じゃあ」夏海が、ぐっとこちらに顔を寄せてきた。「よかったら、おすすめのスポット見つくろって部屋まで届けてあげましょうか？」

これは、もしかしたら部屋に上がり込むための口実なのだろうか。

視線を合わせていられず、鎖骨（さこつ）を伝うお湯の滴（しずく）に向かって答える。

「ああ、や、大丈夫。自分で取って行くから」

「そうですか……」

残念そうにそう言い、相手は寄せていた顔をようやく離してくれた。

1号室に案内してくれたときの値踏みをするような眼差（まなざ）しと、体を洗っているときに感じた視線、「私が裸を見せるのは女の人だけ」という言葉、そして今の唐突な申し出が、一つの結論へと収斂してゆく。

この子は、レズビアンなのだ。

理解はあるつもりだ。蔑視するほど愚かではない。同性愛者であることを公言している人は会社のデザイン室にもいるし、敬遠する気持ちはない。むしろ、上司の宮里が冗談めかして「だからオカマはめんどくさいんだよ」などと陰口を叩いたときなど、本人に成り代わって反論する勇気を持てない自分にもどかしさを覚えたほどだ。

しかし、自分は同性に恋愛感情を抱いたことはないし、好意を寄せられたところでその気持ちに応えることはできない。

「……ごめんなさい」

また、謝ってしまった。もっとほかに伝え方があるはずなのに。

傍らで、夏海が湯気をたっぷり吸い、ゆっくり吐いた。

「佐藤さん」

こちらに顔を向ける。

「はい」

「生きるって素晴らしい！　そう思いませんか」

「……はい？」

わけがわからない。

「……いえ」

正面に向き直ると、夏海は鼻の頭がお湯につくほど深くうなだれた。

この曲、知ってる。ボブ・ディランだ。

さっきまではビートルズとか、あと、なんだ？　メロディは知ってるけど誰が歌ってるかまでは知らない歌とかが聞こえてたけど、この曲は知ってる。ボブ・ディランだ。前にたまたまテレビで見た。ただ、曲名までは知らない。でもこの、投げやりなくらい語尾が下がる歌い方は印象に残ってる。ボブ・ディランだ。

それはそれとして、何時だと思ってんだよ。もう十一時だよ。

「うるっさいなあ」

携帯電話をソファに放り投げ、鼻を鳴らして立ち上がる。

お父さんは明日の仕入れに備えてもう寝てるし、お母さんは入浴中。私が注意するしかない。

スリッパをつっかけてリビング兼事務室を出て、建物の端の階段を上る。呑気で陽気な歌声とギターをかき鳴らす音が、二階に出るとますます大きく聞こえた。

騒音の発生源は、リネン室のとなりの2号室。菅沼さんだ。オリジナルに似せてエンジンの掛かりが悪いバイクみたいな調子で歌い、やりすぎな物真似にときどき自分で「だはは」と笑ってる。けど、うまいな。張りがあるのに甘い声。

ただ、ここはカラオケボックスでもスナックでもない。民宿だ。

2号室のドアを連打する。ギターと歌声は、すぐに止まった。

「はーい」

「はーい」じゃないよ赤パン野郎。

「夏海です。ちょっとここ開けて」

「鍵なら開いてるよー」

ノブを回す。ほんとだ。

踏込のふすまを開けると、菅沼さんは十畳間の真ん中、座布団の上で胡坐をかいていた。

座卓にはミネラルウォーターのペットボトルと紙コップと、食堂で貸したアイスペール。そして、封の切られたウイスキー瓶。窓の障子は開けられていて、憤怒の形相の私が、夜のガラス窓に映っている。

ギターを抱えたまま、問題児がこっちを振り向く。

「やあ、こんばんは」

「『こんばんは』じゃないよ菅沼さん。何時だと思ってんですか」

「え？」

時計を探す相手に知らせる。

「十一時。夜の」

「ありゃ、もうそんな時間か。ごめんごめん」

「あのね、ボブ・ディランもいいけど、ほかのお客さんもいるんだから静かにしてくださいよ」

「あ、夏海ちゃん、ディラン知ってるの？」

うれしそうな顔すんなよ。娘ほどの年齢の子供に叱られてんだから。

「曲名までは知らないですけどね」

「『風に吹かれて』。超有名曲だよ」

「あっそ」

「まあ僕は、シンガーソングライターだったらディランよりもキャット・スティーヴンスのほうが好みなんだけどね」

「あっそ」

知るか。どこの猫だよスティーヴンス。

「そういえばチェックインのときに『楽器は挫折した』って言ってたけど、夏海ちゃんは音楽、聴くほうは好きだったりする？」

この赤パン、どこまでも呑気だ。

「いや、そんなに熱心には聴かないですね」

「ふーん」

なに？　その「だめだこりゃ」って顔。若者捕まえて音楽談義とかやめてよね、おじさん。

「楽器も苦手だけど、そもそも音痴なんですよ、父親譲りの。だから音楽については知識も関心も薄くて」

相手が蘊蓄（うんちく）を傾けだす前に先手を打つと、菅沼さんは残念そうに肩をすくめた。

「あらまあ」

「『あらまあ』って、むしろこっちが『あらまあ』ですよ。いくら得意でも、大きな声で歌っていい時間じゃないでしょ、もう」

赤パンはいつものヘラヘラ笑いに戻ると、やっとギターを畳に置いた。

「いやー、時間が経(た)つのは速いね。飲みすぎちゃったかな。喉カラカラだよ」

そりゃそうでしょうよ。歌いっぱなしだったんだから。

「お茶とかミネラルウォーターなら、玄関ホールに自販機があります。製氷機は食堂に——」アイスペールに目が留まる。「って、もう使ってるか。とにかく、歌は嫌というほど堪能させてもらったから、ギターはしまって布団を敷いて、すみやかに寝てください。朝食は七時から。寝てようが歌ってようが九時半にはお父さんかお母さんがシーツと枕カバー引っぺがしに来ますんでよろしく」

「夏海ちゃんは?」

「学校」

「ああ、そうか。大変だね学生さんは」

「大変なんです学生さんは」

「そうか。じゃあ、早く寝ないとね。おやすみ。迷惑かけちゃってごめんね」

飄々(ひょうひょう)としながらも腹に一物(いちもつ)ありそうな、じつに中年男らしい笑顔で手を振る。

「はいはい。おやすみなさい」

ふすまとドアを閉め、２号室を出る。ひょっとしたらと思ったけど、歌が再開される気配はない。

本来の静けさを取り戻した廊下を見渡す。すぐ右どなりの３号室は、さぞうるさかったことだろう。あの田中さんというおとなしそうなネルシャツ君は、きっと言うに言えず我慢をしていたにちがいない。宿泊客をとなり合った部屋に案内するのは掃除のときの移動距離を減らすための工夫なんだけど、今夜ばかりは同情してしまう。

３号室のとなりは５号室。「４」は縁起が悪いので欠番だ。そして、端にあるのが６号室。ハルカとあの広い部屋に泊まりたかったんだけど、お父さんの許可はやっぱり下りなかった。だから明日は５号室か、赤パンがチェックアウトしたあとの２号室で寝ることになるだろう。畳にウイスキーをこぼしたりしないように、部屋を出る前にきつく言い含めとけばよかった。

廊下を引き返し、１号室の前で立ち止まる。耳を澄ましてみても、佐藤さんの部屋から物音は聞こえない。

大丈夫だよね？　生きてるよね？

ノックしてたしかめたい欲求をこらえる。

安否確認はもちろんだけど、生きているのならお風呂でのあの突拍子もない発言の数々の言い訳もしたい。

なんとか自殺を思い留まらせたい一心で「明日は従姉妹が泊まりに来るから紹介する」とか「明日の予定は？」とか、未来を感じさせる言葉をからめて次々に話しかけては一つ残らず空回りしてしまった。挙句に焦りすぎて「生きるって素晴らしい！」なんて口走っちゃったけど、あれは大失敗だった。やたらとポジティブな言葉を並べ立てた上にカルトの教祖みたいなことを語りかけて、相手からすればどえらい衝撃だっただろう。あれで佐藤さんのよそよそしさがぐっと増して、ひどく緊張感のあるバスタイムになってしまった。

ほんと、何やってんだ。

紙コップに残った氷を嚙み砕く。キンと奥歯が沁みた。

東京に戻ったら、掛かりつけの歯医者に検診の予約を入れよう。

そう考えたおかしさに気づき、声もたてずに笑う。歯石取りや虫歯の予防をする必要など、もう俺にはない。もっとよく効く睡眠導入剤をせしめるために心療内科に通い、医師に向かって大げさに苦しみを訴えてみせる必要もない。

座卓の上にはウイスキーの瓶。まだ半分以上残っている。もう少し飲みたいが、時計の針は長短ともに頂点をすでに越えている。食堂の製氷機はこの時間でも使えるはずだが、音で家族の眠りを妨げるのは気の毒だ。それに、起こしてしまったらまたあの女の子に叱られてしまうかもしれない。

ぷっとふくれた怒り顔を思い出し、また笑いがこみ上げてくる。

最後に少しだけディランの話をできたのはうれしかった。カネの話でも仕事の話でもなく、中学生のようにただ好きな音楽の話をできた。「あっそ」で片付けられてしまったのは残念だが。

——御厨信二って、知ってる？

もしも彼女が音楽を聴く子だったら、こんなこともさりげなく尋ねられたかもしれない。

いや、馬鹿馬鹿しい空想だ。仮にあの子が音楽に詳しかったところで、生まれる何年も前に現れてすぐに消えた一発屋の名前など知るはずもない。

それでもひょっとしたら、「ドライヴィング・ガール」のサビくらいは耳にしたことがあるだろうか。なにしろディランを知っていたくらいだ。歌って聴かせれば、「ああ」と頷いてくれたかもしれない。

やめよう、未練がましい。もう俺のことなど誰も覚えていない。俺は終わった人間だ。シングルチャートの二位まで駆け上がった大ヒットも、全国三十ヵ所のホールツアーも、数々のテレビ出演も、すべては四半世紀も昔のことだ。

空の紙コップを握り潰し、くずもの入れに放る。縁に当たったゴミが、壁に立てかけたアコースティック・ギターの前に落ちる。

とうに手放したヴィンテージ・ギターほどには鳴らないものの、これも愛着のある楽器だ。十九の頃から付き合い始めて三十年。このマーチンと、いったいいくつの土地を訪れただろう。暗くて狭いライブハウス。そこそこ名の知られたライブハウス。学祭期間のにぎやかな大学。ラジオ局。テレビ局。街で最大のホール。次の街の大ホール。その次の街の大ホール。小ホール。そしてまた、暗くて狭いライブハウス。

記憶をたどっていると、柄にもなく唇が震えた。自分を笑いのめそうと、言うことを聞かない唇を笑顔の形に矯正する。

最後にもう一曲だけ歌ってから、ギターと別れようか。ラストナンバーはどれにしよう。「ドライヴィング・ガール」は論外だ。あれは俺をほんの短い間だけでもスターにしてくれたけれど、詞も曲もレコード会社が選んだ人間に作らせたものだ。俺の曲ではない。

ではやはり、「海辺のグランオテル」？

それも、ずいぶん恰好が悪い話だ。お気に入りの自作曲に通じる名の宿を死に場所に選んだだけでも気恥ずかしいのに、最期に歌った曲までがそれではあまりに感傷的だ。しかも、「海辺のグランオテル」はまったく売れなかった。

二匹目の泥鰌(どじょう)を狙ったレコード会社が「ドライヴィング・ガール」と同じソングライター・チームに作らせたシングル「ヘヴン」は、大がかりなプロモーションも実らずトップ20にさえ届かなかった。アップテンポの似たような曲が続き、リスナーの期待を下回ってしまったというのが、レコード会社のＡ(アーティスト)＆Ｒ(レパートリー)の分析だった。

そこで、起死回生にとリリースしたのがミドルテンポの「海辺のグランオテル」だった。

自信はあった。アマチュア時代に作り、詞もアレンジも少しずつ手を加えながらずっと歌い続けてきた曲だった。レコーディングに参加してくれたスタジオミュージシャンたちの評判もよく、スタッフもみな期待し、せいいっぱいプッシュしてくれた。しかし、売り上げは急ごしらえの「ヘヴン」どころか、ブレイク前に発表したほぼすべての自作曲を下回った。Ａ＆Ｒの分析は、「どうしてこれが売れないのか、俺にもまったくわからない。

ごめん」というものだった。

よそう。唯一わかっているのは、どの曲だろうがこの時間に歌ったりしたらあの子がすっ飛んで来るということだ。

憤懣を隠そうともしないふくれっ面を思い出したらこらえ切れなくなり、低い笑い声が深夜の十畳間に漏れた。

あの子には悪いことをした。佐藤という1号室の女が自殺するのではないかと危ぶんでいたようだが、2号室のにぎやかなおじさんこそがそれを企てていることにはまったく気づいていない様子だった。おかげで誰に妨げられることなく目的を果たせそうだが、年甲斐もなく胸が痛む。

秘密にしてごめんね、夏海ちゃん。おじさんもう、生きるのに疲れちゃったんだ。最後の晩餐、最高においしかったよ。

よし、歌うのはやめた。さっさと死のう。今夜こそ死のう。そう決めてここまで来たんだろう?　御厨信二。いや、菅沼欣二。今夜、俺はここで死ぬんだ、グランオテルで。

どうした、覚悟を決めろ。東京に戻ったところで、俺にはもう何も残ってないじゃないか。あれだけあったカネも、メジャー・レーベルとの契約も、熱心なファンがどうにか続けてくれていたファンクラブも、そして、才能も。

曲が作れなくなって、もう三年になる。

若い頃は、曲は体の奥から自然と生まれるものだった。しかし、三十を過ぎた頃から曲は生まれるものから作り出すものに変わり、今では何時間ピアノの前に座っていてもギターを爪弾いていても、ものになりそうな旋律などろくに出てこなくなってしまった。まれにいいコード進行やメロディが浮かんだとしても、何度か鼻歌で繰り返しているうちに過去に作った曲の焼き直しや他人の曲の模倣であることに気づいて愕然とさせられる。そんなことばかりだ。つまり、知名度だけでなく才能まで失ってしまったのだ。

残った物といえば、ギターと、数錠の睡眠導入剤と、そして、もう一つ。

立ち上がって座布団の乱れを正し、拾った紙コップをくずもの入れに捨てる。宿にひどい迷惑をかけるのだから、せめて部屋はできるかぎりきれいにしておきたい。

畳に膝をつく。押入れの下段のふすまを開くと、そこには黒く小さな金庫。ギター・エフェクターを三つも収めればいっぱいになってしまうほどのサイズだ。

「み、く、り、や」と呟きながらテンキーに〈３９６８〉と入力し、〈＊〉キーを押す。

短い信号音が鳴り、勿体をつけるような間のあとで厚い扉が開いた。

内部に手を差し入れ、黒い金庫よりもなお黒い金属製の装置を取り出す。

マカロフＰＭ。

旧ソ連軍の制式拳銃だそうだが、いま俺がグリップを握っている物はどうやら中国製のコピーモデルらしい。曲が売れた当時、あやしげな取り巻きの伝手(つて)で手に入れた物だ。その取り巻きも、俺が売れなくなるとたちまち周辺から姿を消したのだが。

ガンマニアでもない俺がこんな物騒な物を買ったのは、いま思えば若気の至りとしか解釈のしようがない。上目遣いに近づいてくる銀行員や不動産屋や証券マン。どんなにつまらないジョークにも大きな声で笑い、理不尽に当たり散らしても笑顔を絶やさぬスタッフたち。ポッと出の若手を不世出(ふせいしゅつ)の天才のように持ち上げる広告代理店のビジネスマン。そして、女たち。そういった人間たちに一挙手一投足を環視される中で俺は静かに狂い、休日もろくに与えられぬ毎日に強めのスパイスを振りかけるくらいのつもりでカネを払ってしまったのだ。身の丈以上の報酬(ほうしゅう)と名声を摑(つか)まされ、自分なら何をしても許されるという万能感に酔っていたのだろう。

唾棄(だき)すべき栄光の日々の、ろくでもない遺物だが、あれから四半世紀も経ってこうして役に立つ日が来るのだから、まったくの無駄な買い物ではなかったらしい。

金庫の扉を閉めて、十畳間の真ん中で胡坐をかく。コピーモデルとはいえ、殺傷力は本物だ。ロシア人の性質を引き写したような無骨なオートマチック拳銃は冷たく、右手を置いた腿(もも)にまで重量が伝わる。

生物に向けて引鉄（ひきがね）を引くのはこれが初めてだ。昔は離島の山奥で何度か試し撃ちをしたものだが、ターゲットは空き缶やガラス瓶ばかりだった。十五メートル先の瓶が一瞬で数百もの破片に変わる様子が、火薬の匂いとともに記憶の底から立ち昇る。きっと俺の脳も、痛みを感じる間もなく破壊されるのだろう。何も怖くはない。このみじめな人生が終わるだけだ。喜ばしいことじゃないか。

親指で安全装置を外し、スライドを引いて銃弾を弾倉から薬室に送り込む。およそ四半世紀ぶりの動作だが、手先はそつなくこなした。一度覚えた自転車の乗り方を忘れないのと同じようなものだ。

銃弾はたった一発。有頂天になっていた当時の俺も、いつかこういう日が来ることを予感して撃ち尽くさずにおいたのかもしれない。失敗はできないが、なに、簡単だ。引鉄に掛けた右の人さし指を曲げるだけでいい。

さて。

目をきつく閉じ、銃口をこめかみに強く押し当てる。角度がなかなか決まらない。手が震えているらしい。自分の荒い呼吸が、すぐ耳元で聞こえる。しっかりしろよ。ビビるな。

強く握っているはずなのに、グリップが手の中で滑（すべ）る。汗だ。額（ひたい）も、浴衣の下も、いつの間にか汗まみれになっていた。しかし皮膚とは反対に、口中は渇ききっている。あの冷たい氷の欠片も蒸発してしまったようだ。今から死のうという体が、土壇場になって活発に生理現象を起こしているのが滑稽だ。

最後にもう一度、唇を笑顔の形にし、鼻から息を吸い、吐く。よし。

じゃあな。

引鉄を引く寸前のことだった。

カーンッ

何かが、大きな音を立てた。十畳間に残響が広がる。目を開け、音の発生源に視線を走らせる。ギターだ。切れた3弦がだらりと垂れ下がっている。おかしい。弦交換なら四日前にしたばかりだ。

無意識のうちに下ろしていた右手を、もう一度頭の高さまで上げようとした。しかし、自らを壊せという脳の命令を右手は無視した。ギターケースに入っている交換用の弦のことをほんの一瞬考えたら、とたんに死ぬのが怖くなってしまった。一キログラムにも満たない拳銃が、今は土嚢のように重い。

銃の安全装置をオンの位置に戻し、震えの残る膝を叩いて立ち上がる。マカロフを金庫の内部に横たえて扉を閉じてから、〈３９６８〉の順でテンキーと〈＊〉キーを押す。ロックが掛かる作動音が、いやに大きく響いた。

深夜の客室で、自分に向かって低く毒づく。

「臆病者め」

とにかく、死ぬのは明日だ。見たところ部屋には空きがあるようだし、団体客が押し寄せるような季節でもない。明日の朝にでも交渉すれば延泊できるだろう。弦交換も明日だ。今夜はもう、疲れた。

ピルケースから取り出した睡眠導入剤を口に放り込み、ミネラルウォーターで飲み下す。不足した水分が補われ、渇いた肉体が単純に喜ぶ。情けない話だが、うまい。


温暖な南房総も、夜明け前の空気はさすがに冷たい。しかしそれが、寝不足でぼんやりする頭には快適だった。

ゆっくり流れる雲のところどころに隙間が空き、群青(ぐんじょう)色の空に浮かぶ星が覗く。この様子では日の出は見られるかどうか。

運のなさに落胆しつつ空を睨んでいると、玄関の中から気遣わしげな声が掛けられた。

「あのー、佐藤さん。やっぱり送って行きましょうか？　展望台、けっこう階段きついですよ」

　この民宿の主人だ。発泡スチロールの箱を抱えたまま、四角い顔をかしげている。

「あ、大丈夫です。八年前に一度行ったことがあるんで」

「ああ、そうなんですか。八年前に」

　何気ない言葉にひどく感心した様子で頷き、主人は「ちょっとごめんなさい」と私の横を通り過ぎた。路上に停めたワゴン車の荷台に箱を積み、ハッチを閉める。

「じゃあ、ちょっと行ってきます」

「あ、はい。いってらっしゃい」

　これから弟の漁船が停泊している港と魚市場を回り、材料を仕入れて来るそうだ。「よかったら見学しませんか？」と誘われたが、私はやんわりと断った。相手は身元を明かしているのでおかしな真似などするとは思えないが、それでも旅先で男性と二人きりになるのは避けるべきだし、私にはほかに行く所がある。

　運転席の中から会釈すると、主人はワゴン車をそろりと発進させた。テールライトが夜明け前の暗い生活道路に赤い光を引き、角を折れていった。

　冷たさの中に潮の匂いが濃く漂う空気を吸い、静かに歩きだす。短い石段を下りて海岸通りに出ると、私は沖に目を凝らした。水平線のあたりにはわずかに明るみが射しているものの、光は弱く曖昧だ。やはり、日の出は見られないかもしれない。唇の隙間からため息を漏らし、海辺の道を東へと進む。

かろうじて記憶にある角を曲がり、いったん海とは反対側に向かう。電柱に取り付けられた案内板はあまりに小さく、うっかり見落としそうになった。最後のゼミ合宿でこの月ヶ浦を訪れた八年前は、もっと明るい中で目にした気がする。あるいはそれは、展望台からの帰りがけに見た光景だったのかもしれない。八年の月日は、楽しかった記憶もあやふやになるくらいには長いということか。

展望台への散策路に街灯はなく、足元も定かではない。容赦のない暗さに尻込みする自分を励まし、携帯電話のライトを点灯させる。白っぽい光に、幅の狭い丸太階段がぼんやりと浮かんだ。そうだ、思い出した。あのときもこうやって足元を照らし、仲間たちと「肝だめしみたい」「熊とかいないよね？」などと笑い合いながら段を上ったのだ。

記憶の中の散策路はちょっとした登山道のような急勾配で、上りきる頃にはめまいがするほどの疲労を覚えたはずだが、あらためて歩いてみるとそれほど過酷なものでもなかった。息は上がったが、足取りはしっかりしている。考えてみれば、当時は夜通し飲んだ勢いでホテルを出て砂浜を延々と歩き、それからさらに岬を上ってきたのだから、目が回ったのも当然だ。

　岬の頂上は砂利が敷き詰められた広場になっており、中央には人の背丈の十倍はありそうな大きな記念塔がそびえていた。はっきりと見覚えがある景色だ。散策路の反対側に小さな駐車場を見つけて「車で来れんじゃん」と、ここでも笑い合った記憶がある。そう、あの頃は毎日笑っていた。今は毎日ため息をついているが。

　置かれた境遇を思い出してうなだれると、スニーカーの白い靴紐(くつひも)が目に留まった。だいぶ明るくなってきたようだ。用のなくなった携帯電話のライトを消してから海側に歩を進め、転落防止用の石垣に両手を置く。

　どこまでも、鼠色(ねずみいろ)。

　沖も、岬の足元の小さな港も、手前の斜面の木々も、古いモノクロ写真のようだ。暗い景色はまるで今の自分の心理を映したようで、見つめているとまたため息が出た。

　あの目に痛いほど眩(まばゆ)い朝焼けは、青春の終わりに垣間(かいま)見た幻だったのではないだろうか。そんなことさえ考えてしまうほど眺めは寒々しく、彩りに欠けていた。

　有給休暇は明日までだ。そして、あさってからはまた仕事に戻らなければならない。怒(ど)鳴(な)られ、なじられ、一挙手一投足を否定される日々がまた始まる。帰りたくない。泣きたいが、涙も出ない。泣くまで感情を昂(たか)ぶらせることさえつらい。

涙の代わりに、間の抜けたあくびが出た。寝不足のせいだ。そして、突き詰めればあの髪の長い中年男のせいだ。

あの菅沼が十一時過ぎまで大きな声で歌い続けたせいで、すっかり寝そびれてしまった。2号室が静かになったあとも菅沼の非常識ぶりには怒りが収まらず、どうにかうつらうつらできたのは二時を過ぎた頃のことだった。いま思い出しても腹が立つ。

周囲に迷惑をかけることにためらいのない職業不詳の人物と、周囲に罵声を浴びせることにためらいのない上司の宮里の姿が、私には重なって見える。二人とも大嫌いだ。一見正反対の性格のようだが、きっとあの世代の男にだけ共通する傲岸さのようなものがあるのだろう。この世から一人残らず消えてしまえばいいのに。

知らず知らずのうちに、石垣に置いた拳を握りしめていた。指を一本ずつ開き、閉じたり開いたりを繰り返す。鼠色の空にあって、東の一角だけは薄明るい。結局、日の出の瞬間は見られなかった。

――明日は、どんな予定ですか?

あのレズビアンの娘の言葉が、耳をかすめる。

予定など、何もない。日の出を見ることだけが旅の目的らしい目的で、そのために展望台からほど近く、一人客でも泊まれる房総グランオテルを選んだのだ。だから三度の食事以外にすることといえば、明日の朝こそ晴れることを祈りながらただ心身の休養に努めるくらいのものだ。

石垣を軽く叩き、期待外れの東の空に背を向ける。日の出は見られなかったが、一つだけ確認できた。学生時代の楽しい思い出にすがりたくなるほど、自分が弱っているということだ。

足元に転がるアケビの実の色までわかるようになった階段を下り、狭い散策路から広々とした海岸通りへと出る。きっと裏通り伝いに民宿まで戻れるのだろうが、このあたりの道が少々入り組んでいることはゼミ合宿のときに学習済みだ。それ以前に、探検気分で知らない道に分け入るような気分にもなれない。

南を向いた三日月形の湾は、遠くにサーファーらしい姿がいくつか見えるほかは動く影もない。東の端の防波堤からはるか西の端の防波堤まで、ベージュ色の砂浜が延々と続いているばかりだ。

ゼミ合宿でここに来たときは、こうして海を道路から直接眺めることはできなかった。道沿いに海の家が立ち並んでいたからだ。オフシーズンのこの広々とした眺めも悪くはないが、すべてを漂白してしまうようなあの陽光と、観光シーズン特有の浮ついた空気がひどく懐かしい。恥ずかしくて水着は持って行かなかったが、海に入ればよかったと今になって思う。きっと、日焼けも髪の傷みも気にならないほど楽しかったはずだ。

人目のないのをいいことに、口元も隠さず大きなあくびをする。朝の散歩と呼ぶには長い距離に、少々疲れてしまった。

宿の看板がある角を折れたところで、石段の上に見覚えのある大きなカメラバッグを見つけた。あの、ネルシャツの青年だ。今朝は別の柄のネルシャツを着ている。首から下げているのは一眼レフか。

段を下りかけたところでこちらに気づき、青年が会釈をしてきた。会釈を返し、挨拶する。

「おはようございます」

「あ、どうも」

あ、どうも、か。平日に旅行をしていることから仕事はサービス業あたりかと思っていたけれど、この幼い物腰から考えると学生かもしれない。

とくに話すこともなかったが、二人とも成り行きで段の半ばで立ち止まった。

「撮影ですか?」

カメラバッグを指さして尋ねると、相手は小さく頷いた。

「ええ、まあ」

「曇っちゃいましたね」

「え？」青年が、鼠色の空を見上げる。「ああ、そうですね」

ずいぶんと鈍い反応だ。私もこのごろは塞ぎ込みがちで同僚に心配されることも多く、人のことを言えた立場ではないが、それにしても、とは思う。

この受け答えではさすがにまずいと思ったのか、相手はカメラバッグを吊ったストラップのねじれを指でひょいと直すと、薄く笑みを浮かべながら話題を変えてきた。

「散歩、ですか？」

「ええ、ちょっとそこの展望台まで」

「へえ」

たいして興味もなさそうに相槌を打ってから、青年はあくびを嚙み殺した。

あの騒音の被害がどの程度のものだったのか知りたくなり、水を向けてみる。

「ゆうべ、さんざんでしたね」

「ああ、菅沼さん」

ビンゴ。

「ええ」

「うるさかったですね。なんか、目が冴えちゃって、静かになったあとも十二時ちかくまで眠れなかったです」

私は二時過ぎだ。

「大変でしたね」

「大変でした。こんなこと言ったら失礼かもしれないですけど」青年が声をひそめる。「あの人、変なクスリでもやってるんじゃないかって」

それについては私も同じ見解だ。どんなに明るく社交的な人物でも、化学物質の力でも借りないかぎり、あんなにも陽気に飲んで喋って歌い続けられるものではない。

「まあ、どうなんでしょうね」

鬱憤(うっぷん)晴らしに陰口を叩きたい気もするが、余計な詮索をして面倒なことに巻き込まれるのは避けたいので、曖昧な返事でお茶を濁(にご)す。

青年が、予想ほどの被害が出なかった台風を語るように苦笑いを浮かべた。

「ただあの人、一泊だけって言ってたから、今夜はゆっくり寝られそうですけど」

そうだ。ゆうべの食堂で、そんな会話を耳にした。

「ええと、たしか……」相手の名前も食堂で耳にしたはずだが、出てこない。「二泊、ですよね？」

「そうです。素泊まりですけど」

「私もです。あ、いえ、二食付きですが二泊です。どうぞ、よろしくお願いします」

「あ、よろしくお願いします」

お互いに頭を下げ、なんとなく会話が収まった。

「じゃあ、また」

「どうも」

青年が曇天の下の石段を下り、海岸通りに出る。二十五リットルくらいの容量はありそうなバッグがぶらぶらと揺れながらスナックの角を曲がるのを見送ると、私は踵(きびす)を返して残りの石段を上った。

民家の軒下(のきした)の鉢植えやプランターを眺めながら歩き、今の相手の苗字を思い出そうと寝不足の頭をどうにか働かせる。

たしか、ごくありきたりな名前だった。鈴木？　渡辺？　高橋？

民宿が見えてきた。白い壁が意外なほど美しく、いかにも南国風だ。背景が晴天ならもっと鮮やかに見えただろう。サーフボード用らしいラックやシャワーが外壁に据(す)え付けられているのも海辺の宿らしく、あの陰鬱(いんうつ)な職場からの距離を実感させてくれる。

ああ、田中だ。思い出した。なるほど、ありきたりな苗字だ。もっとも、佐藤が言えた立場ではないけれど。

『――この雲も、お昼までには東の海上に抜けて、それに伴い気温もぐんぐん上昇するでしょう。このため南部を中心に、県内の多くの所では九月上旬から中旬の陽気になる見込みです』

食堂に入ったとたん、テレビから吉報が届けられた。よっしゃ。夏服をクリーニングに出さなかった私のジャッジは正しかった。

「おはよう」

厨房に向かって挨拶すると、お父さんが目だけで挨拶を返してきた。魚を焼いている最中だったか。

仕事の邪魔をしないように厨房に潜り込んで、まずは調理台にトレーを置く。業務用冷蔵庫から牛乳パックとヨーグルト、苺のジャムを取り出したら、ロールパンを皿に載せて、サーバーのコーヒーを自分専用のカップに淹れる。ここに牛乳をドボドボ注げば、私の朝食の完成だ。

今日はどこに座ろうかと、カウンターの中から食堂を見渡す。赤いパンツの菅沼さんはまだ寝ているみたいで、素泊まりの田中さんの姿はもちろんない。ただ一人、佐藤さんがゆうべと同じ奥から二つめのテーブルにいた。よかった。生きてた。

よし。きのうの今日でものすごくきまりが悪いけど、ここは佐藤さんに弁解の機会を与えてもらおう。あのお風呂での一連の発言を修正せねば。

トレーを手に、ごく当たり前のような顔をして佐藤さんのテーブルに歩み寄る。

「おはようございます。ここ、いいですか？」

「えっ？　あ、はい……。おはようございます」

うわっ、来たっ。って顔をされた。「生きるって素晴らしい！」発言、そこまでインパクトあったか。

何も気づかなかったふりをして向かいに座り、コーヒー牛乳を飲みながら会話の糸口を探る。

「どう思います？　うちの高校のセーラー服。襟（えり）が水色でリボンが青って、ちょっとコスプレっぽくないですか？」

「うん？　うーん……、どうだろう。海をイメージしたデザインなのかな？」

評価を求めたら、質問が返ってきた。

「そうらしいです。高校はとなりのいすみ市にあるんですけどね、象徴的なもので地域の特色を出そう、みたいな話が昔あったみたいで。まあ、このへんの象徴といったら海か菜の花だから、一つまちがってたら真っ黄色の制服を着させられてたんですけどね」

笑いかけてみたら、ぎこちなく頷かれた。乗ってこないな。話題を変えよう。

「あー、そうだ。今日の予定、決まりました？」

ゆうべは夢みる乙女みたいに「明日」を繰り返しておかしな空気になったから、今朝は現実路線で「今日」をフィーチャーしていこう。

「今日？　今日はべつに……、いや、もう行って来たといえば、行って来たのかな」

「え、どこ？」

「はーい、おまちどおさま」

焼き魚の香ばしい匂いと脂（あぶら）のはぜる音を引き連れて、お父さんがテーブルまで来た。佐藤さんの朝ごはんだ。玉子焼きに味付け海苔（のり）におひたしに、今朝の焼き魚は太刀魚（たちうお）か。私は朝だけはパン派だけど、目の前に持ってこられるとさすがにうまそう。

続いて、ずいぶん控えめに盛られたごはんとわかめの味噌汁（みそしる）も運ばれる。

「今朝は太刀魚のいいのが入ったんで、そのまま塩焼きにしました。ごはん、こんなもんで大丈夫ですか？　足りなかったらおかわりできますんで、どうぞ遠慮なく」

気遣わしげなお父さんに「ありがとうございます」と会釈した様子は、幽霊みたいだったきのうよりは健康そうに見える。何かあったのかな？

お父さんが厨房に戻ってから、私は目の前の小食な女性に尋ねた。

「そうだ。行って来たといえば行って来たって、どこですか？」

手にした味噌汁のお椀を置いて、佐藤さんが「ちゃんとした名前は知らないんだけど」と説明を始める。

「あ、食べながら食べながら。どうぞ、あったかいうちに」

悪いタイミングで話しかけてしまった。

「うん、展望台。岬の上の。日の出を見に」

答えを聞いた私は、ちらりと窓の外を見た。曇り。

「日の出、見れました？」

「まったく」

「おんやまあ」

ははっ、と笑いかけてみたけど、相手は静かに頷いてみせただけで大根おろしに醤油を垂らした。しまった。そんなに楽しみにしてたのか。あわててフォローを試みる。

「ええと、アレですよ。二泊でしょ？　じゃあ、明日明日。明日はきっと晴れますよ」

さっそく出ちゃったよ、「明日」。しかも連呼。

ジャムをつけたロールパンを口に放り込み、迂闊な自分への落胆と一緒に飲みくだす。

佐藤さんは湯気を立てる太刀魚の身を口に運ぶと、パッと目を見開いた。咀嚼を止め、真剣な顔で皿を見つめる。まさか、異物でも？　それか、変な味がするとか？

「……あの、どうしました」

私の存在を何秒か忘れてたみたいで、声に気づいた佐藤さんは二、三度まばたきしてから、大真面目な顔で報告した。

「おいしい」

「ああ、はい」なんだか、疲れる人だ。「よかったです」

「ほんとにおいしい。会社の近くでもランチとかで太刀魚は出てくるけど、東京のお店で食べるのとは別物みたいにおいしい」

おお、声に、きのうはなかった張りが。

「そうなんですよ、なにしろ漁港がすぐそこだからおいしいんですよ、月ヶ浦の魚は」

「ああ、あの、砂浜の端の防波堤」

「そう。ここ、浜の両端に漁港があるんですよ。東京にもさすがにないでしょ、徒歩圏内に漁港二つなんて環境は。といっても私はここで生まれ育ったから、客観的によその土地と比べることはできないんだけど」

　太刀魚をもう一口食べ、ごはんと味噌汁にも箸をつけてから、佐藤さんは太鼓判を捺した。

「いや、まちがいなくおいしいよ。接待でたまに行くようなちゃんとした料理屋さんクラスじゃないと、こんなに脂が乗っててうまみが強い魚は食べられないもん。きのうの夕飯もおいしいなとは思ったけど、これはちょっとショックなくらい」

　佐藤さんがこんなに喋る人だったのも、こっちはちょっとショックだ。でも、喜んでもらえるのは喜ばしい。

「やー、うれしいな。東京のちゃんとした料理屋さんクラスなんて」

「お世辞じゃないよ。ゆうべ食べ残したのがくやしく思えてくるくらい」

　太刀魚だけじゃなくて、玉子焼きやおひたしもひょいひょいと口に運ぶ。本当にお世辞じゃないらしい。

「まあでも、うれしいけど、逆にいえばちょっとがっかり」

「どうして?」

「だって、ちゃんとした店でもレベルはうちくらいなんでしょ?　長年培ってきた東京幻想が、今いくらか色褪せた」

　蓋を剝がし、大手のメーカーのヨーグルトを食べる。これはたぶん、東京で食べるのと同じ味だ。無難。

「やっぱり、東京に憧(あこが)れとかあるの？」

味噌汁をかき混ぜながら、佐藤さんが上目遣いに尋ねてきた。

「そりゃありますよ。まあ、東京というか、一人暮らしに憧れる。佐藤さんは、一人暮らしですか？」

「え……？　うん、まあ」

なんか、不自然な間が空いた気がする。

「そうかあ。いいなあ、一人暮らし」

「そう、かな？」

「だってほら、うちって必ず人がいるじゃないですか。それが当たり前だからべつに嫌とかはないんだけど、せめて四年くらいは、家の中に他人がいない生活というものを経験してみたくて」

「ああ。たしかに、特殊な家庭環境だよね」

「うん。こういう生活しか知らないまま大人になるのも、ちょっとどうかなって」

「なるほど」

「いやまあ、見えてるんですよ。『一人暮らしをしてみて、初めて親のありがたみがわかった』なんて、ベタなことをしみじみ語りだす自分の姿くらいは。でも、やっぱり憧れますよ、一人暮らし」

ええと、私、一人暮らしの実現後じゃなくて、親元でぬくぬくと暮らしている今現在、お客さん相手にしみじみ語ってるんですけど。どうしてこうなった。

身から剝がした魚の背骨を、佐藤さんが皿の隅に寄せる。

「さっき、『四年くらいは』って言ってたけど、夏海ちゃんは大学進学希望？」

「はい。英語学科か観光学科」

「ああ、そうなんだ。家が家だから観光学科はわかるんだけど、英語学科というのはどうして？」

よくぞ聞いてくれました。

「外国人のお客さんを増やそうと思って。この先減ってく日本人だけを相手にしてたら、うちみたいな民宿なんかは先細りになるだけですよね。でも、英語を話せる人って世界に十億は軽くいるでしょ？　そのうちの〇・〇〇一％でも興味を持ってくれたら、もう大繁盛じゃないですか」

佐藤さんが箸を止め、私の顔をしげしげと見た。

「最近の高校生って、いろいろ考えているんだね」

「まあ、なーんにも考えてないのも中にはいますけどね」

厨房を見遣(みや)ってから、佐藤さんが続けた。

「家業のことをこんなに考えてる娘がいて、ご両親は喜んでるでしょ」

「それが、進学にはむしろ反対らしくて」

「えっ、どうして？」

意外そうに眉をひそめて、首をすくませる。この人、案外聞き上手だ。

「一人娘だし、手元に置いておきたいみたいです」

「ああ、そういう理由」

「都会で悪い男にでも引っかかったらなんて心配してるみたいだけど、逆ですよ」

「逆？」

「そう、逆。私だってそこまで世間知らずじゃないし。それにほら、この規模で旅館業を続けようと思ったら、なんだかんだで男手が必要でしょ？」

「うん」

「だから私が企んでるのは、勉学の傍ら都会で『これは』っていういい男見つけて引っかけて、舌先三寸(したさきさんずん)で丸め込んで月ヶ浦まで連れて来て、あれよあれよという間に婿(むこ)養子にしちまおうっていう作戦」

「えっ……？」

絶句された。いや、「いい男見つけて引っかけて」っていうのは、本音ではあるけどだいぶ誇張した表現というか、つまりは冗談のつもりで言ったものであって、そんな字面どおりに受け止められたらこっちが恥ずかしいんだけどな。

「ええと、一部訂正します。よいご縁があればその際は前向きに検討したいと、このように考えている次第でして」

「ああ、うん、そうなんだ。あるといいね、よいご縁」

なんだろうこの子、とでも言いたそうな目で私の顔を観察してから、いそいそと太刀魚の身をほぐす。

まずいな。夏用のセーラー服を着用した女子高生と「いい男見つけて引っかけて」っていう台詞は、女子高生だった頃がセピア色の思い出になりつつあるであろうこの人にはインパクトが強すぎたか。相手は真面目そうな人だし、よし、ここはひとつ堅実な方向で調整しよう。

「あー、でも、親はまだしばらく元気そうだし、大学出てすぐ家に戻るんじゃなくて、五年十年会社員を経験してみるのも悪くないかなあ。企業の内部でいろいろ見聞きしたら、経営の参考にもできそうだし」

　佐藤さんが箸を止めた。

「十年持たずに潰れる人間も多いよ、会社員は」

　低い声でそう言って、残り少なくなったおかずを睨みつける。

　うん？　なんだ？　言い方まずかったかな。会社を腰掛け扱いしたみたいに聞こえたかな。

「そうですよね。企業に就職するんなら、覚悟決めてかからないと厳しいんでしょうね」

「まあ、夏海ちゃんくらい物怖(ものお)じしない子なら、どんな職場でもうまくやっていけそうだけど」

　声から張りが消えて、励ましの言葉にちっとも励ましてもらえない。ちょっと仲よくなれたと思ったんだけど、いきなり振り出しに戻った感じ。私、そんなにひどいこと言ったかな。

「でも私、物怖じはしないけど忍耐力もないから、忙しすぎる会社とかは勤まらないかも。有給休暇を取ると嫌味を言われるとか、いろいろ聞くじゃないですか」

　皿を見つめていた佐藤さんが、急に顔を上げた。

「そんな会社、辞めちゃえばいいんだよ。我慢して勤めてたって報われないよ。どうせ潰されるだけだよ」

「え？」

首を振り、早口で説明する。

「あ、ううん。そういうひどい会社もあるから気をつけて、っていう話」

「ああ、はあ」

「おはようございます」

入り口の方で声がした。挨拶を返した佐藤さんにつられて、斜め後ろを振り返る。客用の製氷機のそばに、洗濯カゴを手に提げたお母さんが立っていた。屋上で干して、階段を下りてきたところらしい。

「おはよう、お母さん」

「あら夏海。あんた、まだ出なくて大丈夫なの？」

「え？」

お母さんのとなりのテレビに目を走らせる。

「はうあう！」

変な声が出た。画面の隅の時刻表示は、いつもの出発時間をとっくに過ぎている。

椅子を蹴立（けた）てて立ち上がり、カウンターに用意された弁当箱を引っ掴むと、私はリビング兼事務室に飛び込んだ。通学バッグを手に、片付けも挨拶も省略して自転車置き場に走る。

重ね重ね、何やってんだ。

雲の隙間から陽が射すたびに、体感温度が上がっていく。

月ヶ浦駅に着いてしばらくは肌寒かったくらいなのに、今はひなたに出るのに躊躇してしまうほど暖かい。

秋の朝日はまだ低く、駅舎からせり出した軒の庇(ひさし)の下にいても目をまともに貫いてくる。できれば待合室で写真の彼女の到着を待ちたいが、内部は駅員や列車を待つ学生たちの目もあってかなり居づらい。

何度も額に手をかざしているうちに、腕が疲れてきてしまった。サングラスがあればと思うけれど、僕には似合わないし、威圧的な姿で写真の彼女を怯(おび)えさせてしまっては本末転倒だ。彼女は育ちがよさそうだから、サングラスの男には免疫(めんえき)がないだろう。

シャツの袖を捲(まく)って、僕は腕時計を確認した。七時四十一分。次の列車の出発まであと八分しかないけれど、彼女はまだ現れない。

カメラの電源を入れ、あの画像をもう一度確認する。表示された撮影日時は四月十八日午前七時四十九分。つまり、彼女は次に来る列車を利用している確率がもっとも高い。念のため一時間以上前からここで待っていたけれど、次が正念場だ。緊張してきた。

カメラバッグからペットボトルのお茶を取り出して飲んでいると、駅前通りを一台の自転車がぐんぐんとこちらに向かってくるのが見えた。白地のセーラー服を着た女の子が、眩い朝日を背に猛然と立ち漕ぎをしている。

ひどく目立つ制服の女子学生は、陽射しの眩(まぶ)しい駅前ロータリーまでやってくると、半ば飛び降りるようにして横手の駐輪場に自転車を停めた。通学バッグを振り回すようにして、急ぎ足で駅舎へとやってくる。なんだ。民宿の娘じゃないか。

「あっれ⁉　田中さん！」

走ってきたせいか、声が大きい。

「ああ、どうも」

きのうのブレザーとはまったくデザインの異なる制服に当惑していると、視線に気づいた娘は肩で息をしながら青いリボンをつまんでみせた。

「これ、夏服。今日は暑くなる予報だから」

「え？　でももう、十月……」

「このへん五月とか十月でも暑い日があるから、うちの高校は衣替えの指定日とかなくて、夏冬どっちの恰好をして来てもいい期間があるんですよ」

「ああ、なるほど」

そうであるなら、写真の彼女も今朝は夏服を着ている可能性がある。ひょっとしたら、ブレザーに気を取られて見落としてしまったかもしれない。いや、何を着ていようが、彼女が目の前を通ったら僕が見逃すはずがない。

「うあー、汗かいた」額にハンカチを押し当てながら、娘が僕の足元に目を落とす。「それ、もしかしてカメラ入れるバッグですか？」

「え？　うん」

バッグそのものはたしかにそうだ。中身はカメラではないけれど。

「きのうの到着も遅かったし、もしかして、田中さんてカメラマン？」

期待に満ちた目で、僕を見上げる。

やはり、大型のカメラバッグは説得力があるらしい。民宿の近くで会った佐藤という女性も、このバッグを見て「撮影ですか？」と僕に尋ねてきた。

この夏海という子は、写真の彼女と同じ高校の生徒だ。ここで「ちがうよ、ただのフリーターだよ」と打ち明ければ、巡り巡って彼女にまで話が届いてしまう可能性はゼロではない。

「どうしたの？」

　黙ってしまった僕を、汗にまみれた夏海がせっつく。

「まあ、うん。ご想像のとおり」プロのカメラマンかと尋ねられたのではないから、厳密には嘘ではない。「だけど、そんなに――」

「うわスッゲ！　やっぱり、写真って美大で教わったりするんですか？」

　正面から尊敬の眼差しで見つめられた僕は、続く「そんなにたいしたものじゃないから期待しないで」という言葉を飲み込んでしまった。

　二十歳で大学を中退してから三年になるけれど、女の子から相手にしてもらえるなんてそれ以来だ。きちんと卒業していれば、こんな具合に舞い上がったりはしなかったのかもしれない。いや、授業についていけなかった僕なんか、どのみち最初から相手にされていなかった。

「大学の授業なんか意味ないよ。写真は感性と経験で撮るものだよ」

　つい、そんなことを言ってしまった。経験を語れるほどの枚数も撮っていないのに。

「うわカッコイイ台詞(せりふ)。言ってみてー。で、どういうの撮るんですか？　風景？　人物？あ、海専門とか？」

「まあ、手広く撮ってはいるけれど」脳裏に、いちばんの自信作が浮かぶ。もちろん、あの彼女を捉えた一枚だ。「人物、かな。やっぱり」

これも、厳密には嘘ではない。本当は鉄道写真がほとんどだけど。

「人物ですかー。そうかー。顔もスタイルも、正直自信ないんだよねー」

モデルを務める気になっているらしい。ひと言も頼んではいないのだが。

被写体になってもらうつもりはないが、彼女には尋ねたいことがある。写真の彼女はどうしたのだろう。次の列車を逃せば、後続は一時間ちかくもあとだ。やはり、風邪でもひいているのだろうか。あるいは、転校してしまったのだろうか。

跨線橋の向こうのホームから、構内放送が聞こえてきた。

『まもなく、2番線に、各駅停車千葉行きが参ります。危ないですから黄色い線までお下がりください――』

夏海が叫ぶ。

「やべっ、電車来る！　これ乗り遅れたら遅刻だよ」

「あの、同じ高校の女子でこの駅――」

「二泊ですよね？　また放課後！」

車輪がレールの継ぎ目を踏む音が近づく中、夏海は敬礼するように手を挙げると改札の奥へ走って行ってしまった。

ホームの上下線それぞれに列車がやってきて、ほどなく出発していった。夏海を乗せた上り列車が、銀色の車体に朝日をキラリと反射させる。

話し相手がいなくなってようやく、余計なことを言ってしまったという後悔の念が湧いてきた。僕は嘘こそつかなかったが、正直でもなかった。何が、「写真は感性と経験で撮るものだよ」だ。ほとんどオートモードでしか撮らないくせに。

その後一時間待ってみたけれど、駅に写真の彼女は現れなかった。

日の出は徹底的に隠したのに、私が屋根の下に戻ったらこれですか。

胸の中で恨み言を呟き、窓の向こうの抜けるような青空を見上げる。

まるで、夏が戻ってきたような鮮やかな青だ。いや、秋になり青みを増した分、色合いの美しさは夏以上か。

コーヒーに唇をつけ、カップを置く。

この好天が日の出の時間に訪れなかった原因が、なぜか自分にあるように感じられてしまう。馬鹿げた思い込みだとわかっていても、不機嫌な上司に植え付けられた自責の癖は簡単には抜けそうもない。

軽快なサンダルの音がこちらに近づいてくる。この宿の女将だ。

「佐藤さん。おかわりどう？」

小首をかしげ、コーヒーサーバーを持ち上げてみせる。人なつこそうな丸い目は、娘とよく似ている。

「あ、ええ。まだありますので、大丈夫です」

これでもう三杯目なのに、相手は隙あらばとサーバーを手にやってくる。おかげで、食堂を出るタイミングを逃してしまった。

「ゆっくりしていってね。自分の家にいるつもりで。コーヒーは何杯でもおかわりできるから」

こちらにそう告げると、女将はノートパソコンが置かれたカウンターへ下がっていった。宿のSNSを更新しているそうで、パソコンのそばには仕入れた魚を撮影したコンパクトカメラが置いてある。厨房の中の主人は、どうやらタレに漬けた鶏肉を揉み込んでいる様子だ。ランチの下準備だろう。こちらと視線が合い、目を細めて会釈する。朝食は宿泊客だけに提供しているらしいが、たった二人が相手でもきちんと調理服と和帽子を着用しているあたりに実直な人柄が窺える。もっとも二人のうちの一人は、歌い疲れたのかまだ眠りこけているようだが。

　テレビ画面の朝の情報番組を見るともなしに見ながら、コーヒーを口に含む。三杯目ともなるとさすがに胸やけを覚えるけれど、眠気覚ましにはちょうどいい。いま部屋に戻ったら寝てしまいそうだし、ここで昼夜が逆転しては、あさってからの勤務がいっそうつらくなってしまう。それに、飲めば空腹もいくらかまぎれる。

　寝起きに展望台まで上り下りしてきたせいだろうか、ずいぶん長い間忘れていた食べ物の味を体が思い出したらしい。どうせ食べきれないだろうからとごはんを少なくしてもらったのが裏目に出てしまい、ほんの三、四十分前に食べた太刀魚や玉子焼きがもう恋しい。ごはんのおかわりは自由だと主人から聞かされていたが、少なく注文しておいておかわりをするのもばつが悪く、結局我慢をしてしまった。

　窓の外に目を向ける。沖を、右から左へと青い船が横切っている。形からすると、コンテナ船だろうか。この距離で見るとまるで笹舟のようだが、実際にはこの民宿の何十倍も大きいのだろう。

　昼は何を食べよう。ランチタイムは唐揚げ定食が地元客に好評なのだと、コーヒーを注ぐ際に女将が言っていた。それも悪くはないけれど、油ものはまだ胃が受け付けないかもしれない。しかし、魚料理ばかり続くのも少々考えものだ。〈月ヶ浦 ランチ〉で検索すれば候補はいくつか出てくるはずだが、調べるのはあとにしよう。今は、意識が情報よりもこの海と空に引き寄せられている。

コーヒーカップを傾ける。豆は業務用の二級品のようだが、眺めのおかげか香りがいい。

もう少し、ここにいようか。パンフレットや携帯電話を駆使して観光の計画を立てるのでもなく、頭を空にしてただぼんやりするのでもなく、こうしてとりとめのないことを考えながらコーヒーを飲むのが、なんとなく楽しい。

それにしても、きれいな空だ。頭上から水平線の先まで、ほどよい量の雲が浮かんでいるのがいい。昼までには雲が抜けるという予報だけど、写真に収めるならこのくらい雲があったほうが動きと立体感が出ておもしろくなるはずだ。あの田中という青年は、このシャッターチャンスに気づいただろうか。

カメラを持っている人を見ると、私もカメラを持ってくればよかったという気持ちになる。もっとも、四年前にボーナスで買ったミラーレスは今の職場に異動してからはろくに触りもしなくなってしまったので、きっとバッテリーも切れていると思うが。

小さなカメラを手に近所の公園や喫茶店を巡るような心の余裕は、宮里の下についてすぐに消えた。休日の過ごし方といえば、持ち帰った作業を片付けたらあとは寝るか、携帯電話の単純なパズルゲームを延々と続けるかのどちらかで、外出らしい外出もろくにしていない。そんな生活を送っているのだから、展望台の上り下り程度の運動で食欲が戻るのも不思議ではないか。

シーツ交換もろくろくしていない1DKの澱んだ空気を思い出したら、戻ったはずの食欲もいくらか減じてしまった。あの部屋を見たら、東京での一人暮らしに大きな夢を抱いている夏海はどんな顔をするだろう。見てみたい気はする。

ものすごい勢いで出て行ったけれど、あの子は乗るはずの電車に間に合ったのだろうか。

変わった子だなとはチェックインのときから思っていたが、今朝になってますますわからなくなった。これだけテーブルが空いているにもかかわらずわざわざ向かいに座ってみたり、訳もなく制服をアピールしてみせたり、こちらの世帯状況を尋ねてきたりと、あきらかにこちらにすり寄るような態度を示したかと思えば、「いい男見つけて引っかけて、舌先三寸で丸め込んで月ヶ浦まで連れて来」るなどと息巻いてみせる。彼女のことはレズビアンだとばかり思っていたけれど、バイセクシャルだったのだろうか。いや、「男の目がある所じゃぜったい脱ぎませんよ」とも言っていたので、それはないか。わからない子だ。

いずれにしても人間好きで親孝行な子のようなので、性別はどうであれ素敵な人と出会ってくれればと思う。

ぬるくなってきたコーヒーを飲んでいると、「素敵な人と出会って」などと考えたことが面映ゆくなってきた。

「出会い」という言葉を使ったのはいつ以来だろう。就職してからの三年間は仕事を覚えるのにせいいっぱいであり、四年目に異動はしたもののそこはおじさん社員ばかりの部署で、学生時代の友達と顔を合わせるたびに「出会いがない」などと嘆いていたものだ。しかし今は、そんな悩みともいえない悩みなど口にすることすらない。任される仕事が増えて忙しくなったという面もあるが、人間関係のストレスに疲れ果ててそんな余裕もなくなってしまったのだ。「出会い」という言葉を「恋愛」と同じ意味に捉えていた二十代の私は、この世には悪夢のような「出会い」もあるのだということを想像もしていなかった。

あの男は狂っている。良心の呵責を覚えるどころか、そのような概念すら持ち合わせていない。怒鳴り散らして部下たちを萎縮させることに、悦びを見出している節さえある。

――カメラいじって趣味人気取りとか、俺の下にいるかぎりはできねえからな。

配属の挨拶に訪れた日の、宮里の第一声がそれだった。つまらない脅しを口にする人間なのだなと、その当時はまだ受け流せた。仕事で成果を上げれば相手の態度も変わるだろうと考えていた。しかし、相手はそんな常識の通じる人物ではなかった。何をしても何もしなくても暴言は浴びせられ、ことあるごとに無能扱いをされた。

せめて職場の同僚たちで団結して抵抗できたなら、とは何度も夢想した。だが、いつなくなるかわからない不採算部門にあって、行動を起こそうという声は上がらなかった。上司に歯向かった挙句に人事から要注意人物と見られるリスクを冒すくらいなら、耳をふさいで嵐が過ぎ去るのを待つほうが得策だ。誰もがそう考えているのだろう。自分もその一人だ。同僚がターゲットになっている間は息を殺して耐え、自分がターゲットになれば心を殺して耐える。そうやって、どうにか一年間やり過ごしてきた。しかし、それもそろそろ限界のようだ。職場から遠く離れた海辺にいても、感情は手に負えないほどの浮き沈みを繰り返す。

別のことを考えよう。そうだ、昼に何を食べるか、おおまかな方向だけでも決めてしまおう。あの太刀魚を口にした瞬間だけは、宮里の罵声もきれいに忘れられたではないか。元々、私は食べることが好きだったのだ。カメラ片手に昼下がりの喫茶店に飛び込んで、常連らしい老人たちの視線に身をすくめながらパフェをつつくのを休日のひそかな楽しみにしていた頃だって、たしかにあったのだ。

さて、何にしよう。和食は夜にまた食べるから除外だ。無難にイタリアン？　中華も悪くないけれど、油っこいものはできれば避けたい。そうだ、せっかく漁港のある町に来たのだし、奮発して寿司……、は、和食か。

「おはようございますー」

芽生(めば)えかけた高揚感は、中年男の寝ぼけた声にかき消された。菅沼だ。

「おはようございます、菅沼さん」

「おはようございます。よく眠れましたか」

夫婦が、自分たちより三つか四つばかり年上の客ににこやかに挨拶する。

「いやー、枕がいいんですかね、布団に入ったとたんに熟睡ですよ。時計見てびっくり。もう八時過ぎじゃないですか」

起きてほとんどそのままここへ来たのか、浴衣の衿は乱れたままで、長い髪はそれ以上に乱れている。たとえは悪いが、まるで爆発事故の生存者だ。持ち前の声量が爆発音の大きさを物語っているようで、今朝はことさらに鬱陶(うっとう)しい。

仕込みを中断した主人が、手を洗いながら菅沼に告げる。

「今、朝ごはん用意しますんで、適当に座って待っていてください」

「すいませんね。そしたら、先にお水いただけます？　ちょーっと飲みすぎたみたいで」

「あら、二日酔い?」女将が笑う。「じゃあ、コーヒーも一緒にお持ちしましょうか」

「ぜひぜひ」入り口から数歩進んだところで菅沼はようやく私に気づき、いやに親しげに話しかけてきた。「おはようございます。佐藤さんもこれから朝食ですか?」

「いえ、私はもう」

寝不足の原因に、挨拶などしてやるものか。

「ああ、そうですか。それにしても、いっやー、いい天気ですね」

そう言って、眠たげな目で窓の外を眺める。遅くまで歌って周りに迷惑をかけたことをまずは謝るべきだと思うが、本人にそんな気配はない。女と思って馬鹿にしているのだろう。中年男め。嫌いだ。

熱した玉子焼き器に溶き卵が流される音が、厨房から聞こえてくる。

馴れ馴れしく同じテーブルにやってきたら嫌味たっぷりに出て行ってやろうと思ったが、こちらが歓迎していないのを悟ったのか、菅沼はおとなしく別のテーブルに着いた。

二日酔いの中年男の扱いにも慣れた様子の女将が、お盆を手に菅沼に歩み寄る。

「はい。お水と、コーヒー」

「すいませんね。助かります」

「いま、ピッチャーも持ってきますので」

「ありがとうございます。ああ、そうだ」菅沼が、カウンターに引き返しかけた女将を呼び止める。「あのー、女将さん。急なお願いで申し訳ないんですけど、もし今夜部屋が空いてたら、延泊させてもらえませんか？」

あやうく、上司のような舌打ちが出そうになってしまった。

主人と顔を見合わせた女将が、声を弾ませる。

「それはもう大歓迎ですけど、ちょっと待っててくださいね。さっき確認したかぎりだと空いてるはずなんだけど、念のため予約状況を見てみますから」

女将が、カウンターのノートパソコンを手早く操作する。

菅沼は今夜もまた、あの迷惑な歌謡ショーを繰り広げるつもりなのだろうか。それだけは困る。今夜こそはぐっすり寝て、明日の日の出に備えるのだ。

画面から顔を上げた女将が、菅沼に向かって両腕で丸を作ってみせた。

「よかった。オッケーです。佐藤さんと田中さん以外は一件も予約入ってないです。幸か不幸か。あはははは」

あの娘は、母親の血を色濃く引いたようだ。

「一緒に笑っていいのか迷うけど、じゃあ、延泊お願いします。ただ、ゆうべたっぷり食べられたんで、伊勢海老と鮑は――」

「ええ、二晩続けたらおなかパンクしちゃいますもんね。普通のお食事二食付きでいいかしら」

「はい。じゃあ、あらためましてお世話になります」

「こちらこそ。辺鄙な宿ですけど、気に入っていただけてうれしいです」

オフシーズンの民宿としては、利益率が高いアルコールをたくさん注文してくれた客がもう一泊するのだから「それはもう大歓迎」だろう。でも、たまたま隣室をあてがわれたこちらにとっては災難でしかない。

「あの！」

ひと晩分の憤懣が、私の声を大きくした。会話が途切れ、玉子焼きを調理する音とテレビの中の大仰なナレーションばかりが聞こえる。

「あの」集まった視線に怯みそうになるが、割り込んでしまった以上は話を続けなければならない。「延泊するのはご自由ですけど、夜中まで大きな音でギター弾いたり歌ったりするのはやめてもらえませんか。迷惑なんです」

一瞬きょとんとした菅沼は、テーブルに両手をつくとグラスに打ちつけんばかりに深く頭を下げた。

「いやーっ、ごめんなさい！　聞こえてましたか。音量は抑えたつもりだったんだけどなあ。やっぱりどうも、だいぶ飲みすぎちゃったみたいで。いやあ、そうですよねえ、夏海ちゃんが一階から注意しに来るぐらいだし。今夜は静かにします」

苦言には恫喝で応える人間に慣らされたせいか、素直に謝罪をされてかえって拍子抜けしてしまった。

「まあ、ええ。静かにしてもらえるんなら、私はべつに」

寝ぐせだらけの頭を掻く。

「ほんとにごめんなさいね。静かにします。それはもう、死んだように静かにしますんで。だはははは」

だははははは、じゃねえよ。

そう毒づきたくなるのをこらえ、私はぬるくなったコーヒーを飲み干した。

「夏海ー、じゃーねー」

「いってらっしゃーい」

「おーう。行ってくるねー」

いつも一緒にお昼を食べるメンバーたちに手を振って、弁当箱片手に教室を出る。昼休みの廊下はにぎやかなものだけど、今日はとくに騒々しい。明日の開校記念日を前に、みんなそわそわしているらしい。

ざわめきの中で携帯電話の電源を入れる。すぐに振動があった。

購買部に走る男子たちとか廊下の幅いっぱいに広がって歩く女子たちをよけて、端っこで通知を確認する。お母さんからのメッセージだ。送信時刻は九時過ぎ。

〈菅沼さん1日延泊します。昨夜遅くまで歌ってたんだって？　1号室の佐藤さんからうるさかったとのクレームあり。本人のＯＫ取れたので、菅沼さんは2号室から6号室へ。代わりにあんたたちが2号室。よろしくね〉

佐藤さん、やっぱり迷惑してたか。そうだよなあ。あの歌声、一階まで聞こえてたんだから。

赤パンのあとに泊まるのは酒くさそうで抵抗を覚えるけど、菅沼さんと田中さんに挟まれた5号室よりは、2号室で緩衝材（かんしょうざい）役をやるほうがいいか。男部屋に挟まれるのは、なんとなく落ち着かないもんだし。

お母さんに〈了解〉と返信し、階段を上る。

四階の廊下は、生暖かい空気が溜まってもわっとしていた。窓が閉め切られているせいだ。二つ三つ窓を開けて換気をしてから、英語部の部室になっているLL教室準備室のドアを開ける。

「あー、なっちー。ういー」

机の上で胡坐をかいていたハルカが、携帯電話の画面に指を走らせながら気の抜けた挨拶をした。

「ハルカ、脚。パンツ見える」

「へーい」

私の従姉妹は無造作に机から下りて、窓際の席に移った。机にはウサギさん柄のかわいらしいランチクロスに包まれた弁当箱と、オレンジジュースの紙パック。まあ期待はしてなかったけど、来月の文化祭についての参考資料とか、構想をまとめたノートとかの準備はなし。今日のこれ、いちおうランチミーティングっていう名目なんだけどな。

「おなかすいた。早く食べよ?」

そう言って、にっこり笑う。毎日のように顔を合わせていてこういうことを言うのもなんだけど、とてつもない美少女っぷりだよなあ。目も鼻も唇も顔の輪郭も、それぞれ形が整っている上に全体のバランスも完璧。黄金比ってやつ? 肌は海辺の町で育ってきたとは思えないくらい白いし、髪は艶やかだし、ほどよく太い眉は凜とした雰囲気を醸し出しているし、それから首は細いし、小さな手は爪の先まできれい。なんだこの奇跡の生命体。

「どうしたの?」

そしてまた、小首のかしげ方が反則。私が男だったら確実に惚れてるね。

「ん?　ああ、ううん」

机を向かい合わせで合体させて、弁当箱を開ける。わお。今日はエビチリと、鶏といんげんのマヨネーズ炒めと、はちみつを加えた甘いオムレツ。大好物ばかり。お父さんありがとう。きのう6号室を却下した埋め合わせか?

「うほーっ、うっまそう!」桜色のぽってりした唇の隙間からがっかりさせる言葉を発し、ハルカが箸を伸ばしてきた。ぶすっと鶏肉を突き刺し、口に放り込んで感想を述べる。「うめーっ。伯父さん今日もマジ天才」

この従姉妹、見た目は清楚な美少女なんだけど中身がこれなんだよな。

「いちおう、調理師学校卒ですから」

そう答えて、相手の弁当箱からミートボールをつまんで食べてみた。うん、一般家庭の味。

子供みたいにモグモグしていた鶏肉を子供みたいにゴクンと飲み込んで、ハルカが料理人を絶賛する。

「これが毎日食べれるなんて、夢のような生活だなあ。私、伯父さんと結婚する」

「それ、私の記憶にあるかぎりでは四歳の頃から言ってる台詞だよ」

もしもハルカがお父さんと結婚したら私とお母さんの立場はどうなってしまうのだと、当時の私は戸籍の喪失を半ば本気で心配していたものだ。従姉妹にそんな懸念を抱かせるくらいハルカは昔からかわいかったし、言われたお父さんも妻子の前でデレッデレになっていたから、四歳児にはかなり実現性の高い言葉のように聞こえたのだ。

「それで」口の中のごはんをペットボトルのお茶で流し込みながら、同い年の従姉妹に尋ねる。「文化祭の展示、今年はどうする？」

「めんどくさーい」

出たよ。

「『めんどくさー』くっても、うちもいちおう正式な部活なんだし、なんかやって活動実績作らないとダメでしょ。そんなに手の込んだものじゃなくていいんだから。ほら、なんかアイデアは？　あるでしょ、何か」

相手は二人しかいない英語部の貴重な部員なのだ。諭して褒めて尻を叩いて、なんとか働かせないと。

冷凍食品の焼売（シューマイ）をひと齧りして、ハルカが箸を立てる。

「じゃあ、『英語版外房ガイドマップ』」

「それ、去年やったやつ」

「改訂版」

「真面目に」

戸籍上の関係は二ヵ月ちがいの従姉妹だけど、二人でいるとどうしても私がママのような役回りになる。アホな子は手が掛かるのだ。

「それじゃあねえ」オレンジジュースをストローでちゅーっと吸って、アホな子が第二案を提示する。「英語版の、『外房グルメマップ』は？」

「おっ」

まるっきり二番煎（せん）じだけど、切り口は悪くない。こっちの反応に気をよくしたハルカが続ける。

「ただの観光地ガイドじゃ在校生は興味持ってくんないけど、グルメマップだったら英語わかんなくても見てくれるっしょ」

「おお。おお」

「二人でお気に入りの店を選ぶのも楽しそうだし、行ったことない店はネットの紹介記事とかからパクっちゃえばいいんだし、どさくさまぎれに房総グランオテルを載せることもできるし」

「おおーっ」

口から出まかせにしては名案じゃないか、我が娘よ。アホな子ほどかわいいというけど、ママうれしいわ。

「よっしゃ。それでいこう。今年はハルカも何軒かは英訳してよね」

「えー。めん――」

「どくさーい、じゃなくて」ごねられる前に機先を制してしまえ。「英語部でしょ？　たいした分量じゃないんだから、簡単な文章を英語に直すことぐらいやろうよ。やりなよ。やれよ。やれ。まちがっててもいいんだよ。将来、ハリウッドに行くんでしょ？　だったら英語やっとかなくちゃ」

「うん、ハリウッドは十年後くらいに叶えればいい夢だから、今はね、英語できなくてもぜんぜんオッケー！」

「誇らしげに胸を張るな。あのね、十年後のために今からやっとくの。そのためにハルカも英語部入ったんでしょ？　つまりアレだよ、あのー、ほら、ナントカは一日にして成らずだよ」

「ローマ?」

「それだよ」アホにアシストされた。気を取り直して説教を続ける。「だいたいハルカさあ、十年後どころか一年半後の準備だって何もやってないでしょ。あらためて聞くけど、高校卒業後の希望進路は?」

「モデルか女優」

即答。

「うん、まあ……、うん。ええとそれで、モデルか女優には、どうやってなるのかな?」

中空を見つめ、なーんにも考えていないなりに考える顔をする。

「上京して、原宿とか渋谷とか歩いて、芸能事務所のスカウトに声を掛けられて、なる」

「…………」

「……ダメ?」

「オーケーイ」相手に馬鹿負けして、ネイティヴみたいな反応が出た。「悪い大人たちに騙されて不本意な方向にズルズルと堕ちていくあんたの姿がくっきりと見えるけど、それについては、まあ、腰を据えてこれから一年半教育していこう」

ハルカが、持ち前の美少女まなこで私をまじまじと見つめる。コンタクトレンズの奥の瞳に、私が映る。

「なっちーは、いろいろ考えてるんだねえ。さすが特進クラス」

皮肉でも冷やかしでもなく、本気で感服しているらしい。

「あんたが考えなさすぎなの。それに特進クラスっていったって、学年から一人でも早慶上智に引っかかったら大騒ぎな田舎の高校の特進クラスだからね。生き抜くには先々のことまで考えないと」

「なるほどー」

ぜったいわかってないだろ。

「で、とりあえず、文化祭の展示の方向としては『英語版外房グルメマップ』で決定ね」

「けってー、いえいっ」

モデルか女優の卵が、かわいく拳を握った。

「やれやれ」

オムレツを箸で切って、口に運ぶ。作ってから六時間くらい経ってるのに、このふんわりとした食感と上品な甘さ。この腕なら、グルメマップに載せてもコネ採用には当たらないだろう。

口の端にミートボールのソースをつけたまま、ハルカが切り出してきた。

「あ、そうだ。ＶＩＰルーム、今夜は泊まれそう？」

　6号室のことだ。広くて窓が二面ある部屋を、ハルカはそう呼んでいる。

「それが、今朝塞がった」

「あーあ。じゃあ今夜は配膳とか洗い物、けっこう忙しいのかな。あそこ、大勢泊まる部屋でしょ？」

「ううん。今のところ宿泊予定は三人だけ。で、そのうちの二人の間でひと悶着あったらしい」

「なになに？」

　醜聞を聞きつけ、うれしそうに身を乗り出す。

「口、ソースついてる」

　私が口元を指さすと、美しくも間の抜けた従姉妹はソースをペロッと舐め取った。

「で？　で？」

「まあ、どっちも悪い人じゃないんだけど、水と油というか、陽気すぎるのと陰気すぎるのがリネン室挟んでとなり同士になってね。で、陽気なおじさんが夜中まで一人で飲んで歌って楽しくやってたせいで、陰気なお姉さんからクレームがついたと」

「それで、陰気なお姉さんが6号室行き？」

「ううん。6号室に移るのは陽気なおじさん」

「えー、ずるーい。迷惑かけたのにＶＩＰルームに泊まれるなんて」

「まあ、そう言いなさんな」保護者気分が高じて、ご隠居さんめいた言葉が出た。「たしかに、お姉さんにスーペリアな奥の部屋に移ってもらって、おじさんに1号室を割り当てるっていうのが理には適ってるんだけど、男部屋の前を通らなくちゃならない奥の部屋は、嫌がる女の人もいるのよ」

「ふーん。で、私たちは何号室?」

「2号室。陽気なおじさんがきのう泊まった部屋」

「えー」

「だから、そう言いなさんな。簡単な手伝いだけで有料の客室に泊まれるんだから、男部屋と女部屋の緩衝材役ぐらい我慢しなさいよ」

「へいへい」

そのふてくされた態度はなんなのさ、と言いかけたところで、私はもう一人のお客さんのことを思い出した。

「そうだ!　ハルカ!」

大きな声が出てしまった。

「な、なに?」

箸でつまんだミニトマトがぽろんと落ちる。

「原宿とか渋谷とかウロウロするまでもないよ！　今、うちにプロのカメラマンが泊まってんの。人物専門だって」

「人物専門？」

「そう。人物専門のプロカメラマン。まだ若い人なんだけど、こーんなでっかいカメラ用のバッグ持ってて、なんか、駅で写真のモデルを探してる感じだった」

「へー、プロカメラマン。その写真って、どっかのメディアに使われたりすんのかな。CMとか、ポスターとか」

「そういう広告関係はたぶんスタッフたくさん引き連れて来るからちがうと思うけど、いろんな人が写真を目にするのはたしかでしょ。業界関係者とか」

「業界関係者！」

ただでさえキラキラしてるハルカのお目々が、コンタクトレンズの奥でたちまち10カラットの輝きを放った。

「そうだよハルカ。プロカメラマンだよ。芸能界デビューのチャンスが向こうからノコノコやってきたよ！」

「すごーい！　会う会う。紹介して！」

「そらモチのロンよ！」

「やった！　売り込むぞーっ。やっぱり、枕営業とかやっとくべき？　私、未成年だけど、添い寝までなら呑めるよ」

「呑むな」

肩が軽い。
カメラもカメラバッグも部屋に残し、財布と携帯電話だけをポケットに突っ込んで廊下に出る。
着替えとちゃちな交換レンズくらいしか入っていなくても、大きなカメラバッグを提げて歩くのは思った以上に体力を削られた。おかげでいったん宿に戻ってからはぼんやりとテレビを見て過ごしてしまい、食事に行こうという気になれたのは正午もだいぶ過ぎてからのことだった。
一階に下りると、食欲をそそる油の香りが漂ってきた。食堂の入り口越しに、数組の客の姿が見える。主人や女将と顔を合わせたら気まずいなと思っていたが、忙しくて僕に気もない。

揚げ物のにぎやかな音をどうにか聞き流し、スニーカーに履き替えて民宿を出る。アプローチの先のA型看板には〈当店名物！　唐揚げ定食 ドリンク付〉の文字が躍っていた。朝食をコンビニのおにぎりと菓子パンで済ませたことも手伝い、気持ちが揺れ動く。

よほど引き返して注文してしまおうかとも思ったが、書かれている値段が予算より百円高い。出せない額ではないけれど、今夜もかき揚げ丼を注文する予定だし、ここは我慢だ。

携帯電話の地図を頼りに、海岸とは逆の方向に向かう。目指すのは、安くておいしいとネットで評判の中華料理店だ。

ヤシの木が並ぶ海岸通りこそ観光地らしさが漂っていたけれど、海から少し離れれば道の左右にはまばらに住宅や民宿が建っているばかりで、よそ者が歩くのは申し訳ない気さえしてくる。

あたりは朝よりさらに気温が上がっていて、歩くだけで額に汗が滲んだ。背中に降り注ぐ陽射しも強く、十月の半ばとは思えないほどだ。駅前で夏海の夏服を見たときはずいぶん薄着だなと思ったけれど、今日の陽気ではあれくらいでちょうどよかったのだろう。

今ごろ、学校は昼休みだろうか。いや、あの子のことはどうでもいい。写真の彼女はどうしているのだろう。僕が駅にいなかった時間帯の列車で登校したのか、それとも、学校を休んでいるのか。

もしも今日の夕方も会えなかったら、明日は夏海にそれとなく校名を尋ねて学校の近くまで様子を見に行ってしまおうか。いや、校門のあたりで待ち伏せをしているのを夏海に見られたらまずい。僕が月ヶ浦に来た口実は『写真世界』の月例コンテストへの応募を被写体に許可してもらうためなのだから、高校まで追いかけてしまうのはさすがにやりすぎに思える。それに、もしも高校の教師に睨まれたりしたら面倒なことになってしまうし、下りる許可も下りなくなってしまうだろう。やっぱり、彼女が来ると信じて駅前で待とう。チャンスはあと三回あるのだ。もしかしたら、こうして町を歩いていてバッタリ、ということだってあり得なくはないのだし。

それにしても、暑い。できれば一枚脱いでしまいたいけれど、ネルシャツの下のTシャツは何年も着続けて色が褪せてしまった物なので、人に見られるのは恥ずかしい。

三叉路で立ち止まり、地図アプリの示すとおりに道を進む。古びた住宅や更地の合間に、目的の中華料理店はぽつんと佇んでいた。赤い暖簾は油で黒ずんでおり、格子戸にはすりガラスが嵌められていて、中の様子は窺えない。房総グランオテルの食堂はなんと清潔だったのだろうと、百円を出し惜しんだことが大きな失敗だったように思えてくる。これが都内だったら素通りするところだけど、月ヶ浦ではそうもいかない。飲食店の数そのものが少ないのだから、歩いて探し回っていたらランチタイムが終わってしまう。

まずくても居心地が悪くてもいいじゃないか。ラーメンかチャーハンを腹に詰めて出てくるだけだ。

そう自分に言い聞かせ、引き戸を開く。厨房の熱気と喧騒が、出口を見つけて押し寄せてきた。

「らっしゃーい。何名様？」中年女性の声に迎えられ、僕は指を一本立てた。「お好きな席へー」

店内には先客が二、三組。よかった。一人だけで店の人間にじっと観察されながら麺を啜る状況は避けられた。

「ありゃ。ええと、田中さん？」

店員よりもよく通る声が、僕の視線をたぐり寄せた。あの人だ、ゆうべ伊勢海老と鮑を食べていた中年男。小上がりで胡坐をかき、ビールを飲んでいる。

「あ、どうも」

陽気で声が大きな酒飲みというのは、僕がもっとも苦手としているタイプだ。避けたかったけれど、無視などしたらかえって相手を刺激してしまいそうだ。

「どうぞ、こっちこっち」

うれしそうに手招きする相手に会釈し、僕はためらいを振り払った。引き戸を閉め、ボーダー柄の七分袖Tシャツに赤いパンツという派手な中年男性が待つ小上がりに向かう。

「あ、お連れ様？　いま水持ってきますね」

店員の太った女性に曖昧な笑顔で頷き、髪の長い遊び人風の中年男の向かいに座る。テーブルにはビールの大瓶と、餃子（ギョウザ）の皿。

「どうもどうも。あらためまして菅沼です」頭を下げられ、お辞儀を返す。名前を失念していたので、相手から名乗ってくれて助かった。「田中さんも、女将さんに聞いてここを薦められたクチ？」

一泊と言っていたから、チェックアウトの際にでも尋ねたのだろう。

「あ、いや、僕は、ネットで」

「ああ、なるほどなるほど。評判いいんだ。いや実際、餃子おいしいですよ」

「あ、そうみたいですね」

餃子が人気であることは、ネットの口コミにも載っていた。もっとも、僕は節約のために注文しないつもりだけど。

菅沼さんが、上目遣いに持ち掛ける。

「ここで会ったのも何かのご縁ですし、一杯付き合ってくれません？」

「え？　いや、予算が……」

「ああ、いいのいいの。おごりおごり。おごりますよそれくらい。すいませーん」片手を挙げ、店員はおろか隣家までも届きそうな声を発する。「お姐さん、大瓶と、あと餃子もう一枚追加ね。それから、コップも一個ちょうだい」

「はーい。餃子いっちょー」

勝手に決められた注文はまたたく間に店主らしい厨房の老人にまで伝わり、取り消しづらくなってしまった。

グラスに残ったビールで唇を湿らせると、菅沼さんは急に頭を下げた。

「いやー、すいませんでした」

「え？」

「ゆうべ。うるさかったでしょ」

あの歌のことだ。

「あー、いや、大丈夫です」

本当は夜中まで寝つけなくなるほど腹が立ったけれど、素性のわからない男を相手に抗議する勇気はない。

「そうですか？　ならよかった」

「はーい、お先にビールー」

　太った体を揺らしながら、店員が大瓶とグラス、そして醤油皿を持ってきた。テーブルに置かれるや否(いな)や、菅沼さんが瓶を手に取る。

「あ、すいません」

　僕は小さくなって酌を受けた。アルバイト先の倉庫では飲み会などはなく、こういう作法に僕はまったく疎(うと)い。おそるおそる酌を返すと、慣れていないせいで相手のグラスは泡だらけになってしまった。

「じゃあ、どうも、あらためまして」

　小さなグラスをカチンと合わせ、ビールを喉に流し込む。ひどくうまい。この気温と店内の熱気のせいだろうか。ビールをこんなにもおいしいと思ったのは初めてかもしれない。

「どうぞどうぞ」

　ひと飲みでほとんど空になってしまったグラスに、菅沼さんはすぐに二杯目を注いだ。

「あ、あの、お気遣いなく」

「ほんとに遠慮しないで。一人で飲んでもつまらないじゃないですか」

「はあ」

「いやはや、我ながらひどいねえ。真面目な若者を昼酒に誘ったりして」

「いえ、とんでもない」用法がまちがっているけれど、咄嗟にはその場に合った言葉が出てこない。人と接する機会が少ないせいだ。「あの、どうぞ」

不自然な空気を作らないように瓶を取り、相手のグラスに注ぐ。今度はそこそこうまくできた。

「ああ、どうもどうも。餃子もどうぞ。追加分も来るけど、先に注文したのでよかったら」

「すいません。ごちそうさまです」

勧められるままに醤油皿に調味料を入れ、餃子を食べる。皮を嚙みちぎると肉汁(にくじゅう)が口の中にあふれ、葱(ねぎ)と生姜(しょうが)の香りが鼻孔(びこう)に広がった。うまい。コンビニのおにぎりや菓子パンとは比べ物にならない。

ビールを飲む僕に、菅沼さんが尋ねてきた。

「3号室でしたっけ？　眺めどうでした？」

「ああ、思ったよりずっとよかったです。海がよく見えて」

「でしょう。なにしろ海岸通りから一本入った宿だから僕も眺望は期待してなかったんですけど、あの眺めは気持ちいいよね。海側の平屋とは高低差があるから、ほぼオーシャンフロントですし」

「ええ、たしかに」

「知ってました？　あそこ屋上があって、夏は宿泊者とご近所さん限定で花火大会の特等席になるんだって」

「あ、花火大会なんてあるんですか」

「うん。八月の、ええと女将さん、何日って言ってたかな。まあとにかく、お盆前にやってるみたいで」

短い滞在時間のうちにいろいろ聞き出したようだ。パンツのセンスはともかくとして、こういう豊かな社交性はうらやましい。

「花火大会ですか。周りに高い建物もないし、屋上からだとよく見えるんでしょうね」

我慢できず、二つめの餃子に箸を伸ばす。うまい。ビールもうまい。

「うん。ただ、その日は基本的に相部屋で、あのほら、廊下のトイレ脇にドアが二つ並んでるでしょ？」

〈リネン室〉のプレートが貼られた部屋の、向かい側のドアだ。

「ええ、ええ。ありますね」

「あの北向きの二部屋は六畳間らしいんだけど、そこに三人ずつ詰め込むって話ですよ。それでも毎年予約開始と同時に枠が埋まるっていうんだから、ねえ」

げっぷを喉元で抑え、僕は頷いた。

「それと比べると、十畳間を一人で使える僕たちは恵まれてますね」

「だよねえ。女将さんに『今度はぜひ夏にいらしてください』なんて誘われちゃったけど、そう言われてもねえ」

僕のグラスにビールを注ぎながら、菅沼さんが力なく笑う。

「ちょっと、考えちゃいますよね。それでも見たいっていう人たちが集まるんでしょうけど」

「ねえ」

「はーい。餃子お待たせー」

焼きたての餃子が運ばれてきた。下がろうとした店員を菅沼さんが呼び止める。

「お姐さん、ビールもう一本と――」

あわてて割って入る。

「あ、いや、そんな、悪いです」

「悪くない悪くない。ちっとも悪くないから。田中さん、何か、一品料理でも頼んどきましょうよ。何にします？」

　ごちそうになってばかりでは申し訳が立たないけれど、店員を待たせるのも申し訳が立たない。壁に並んだメニューに目を走らせる。

「ええと、じゃあ、青椒肉絲（チンジャオロース）を」

「おっ、いいですねえ。じゃあお姐さん、大瓶と青椒肉絲ね」

「はーい。ありがとうございます」

　ひと晩同じ宿に泊まっただけの人にこんなにごちそうになって大丈夫なのだろうかと心配になったが、僕はすぐに相手が一泊だけの客だということを思い出した。この店を出たら家に帰るのだろうし、ゆうべの豪華な食事を見るかぎり金には不自由していない様子だ。変わった人ではあるけれど恐い人ではなさそうだし、酒は好きでも疑ったような薬物常習者ではないらしい。どうせこの場かぎりの付き合いで、お互い連絡先も知らないのだから、おごられてもあとあと面倒なことになったりはしないだろう。

「で、なんの話だったっけ。ああ、花火」先に頼んだ餃子の最後の一つを口に運び、菅沼さんが僕に尋ねる。「やっぱり、花火とかも撮ったりするんですか？」

「はい？」

　箸を置き、シャッターボタンを押す仕草をしてみせる。

「カメラ、やってるんでしょ」

ゆうべ食堂に持ち込んだカメラバッグは、この中年男性の目にも留まったらしい。

「ああ、ええ。いえ……」肯定に否定を重ね、もっともらしい言葉を探す。「花火は、むずかしいですから」

これもまた、厳密には嘘ではない。

「ああ、そうなんだ。僕もね、昔付き合いのあったフォトグラファーに一眼レフのファインダーを覗かせてもらったことがあるけど、あのシャッターを切る『カシャッ』ていう感触は気持ちいいですね。たーだ、重いのなんの。フルサイズっていうんでしたっけ。筋トレができるんじゃないかってくらいの重さで、まっすぐ構えるだけでひと苦労でしたよ」

まずい。この人はまったくの門外漢ではないらしい。

「ああ、たしかに、重いかもしれませんね」

当事者のようにも第三者のようにも聞こえる言葉でごまかす。

懐かしそうに目を細め、菅沼さんはグラスを傾けた。

「彼女、当時はまだ三十までいってなかったのかな？　女の子なんだけど、『カメラに振り回されないように背筋を鍛（きた）えてる』なんて言ってましたよ。そういうもんなんですか？」

聞かれても困る。僕が持っているのも一眼レフではあるけれど、軽さとコンパクトさが売りの入門機だ。プロ向けの機材など、家電量販店の店頭でこわごわ触ったことがある程度だ。

渇きかけた口をビールで潤し、愛想笑いを浮かべる。言ってしまおうか。

そんな考えが浮かんだ。今朝は思わせぶりな態度をとって夏海を早合点させてしまったので、同じ失敗は繰り返したくない。嘘をつくのは後味が悪いし、相手とはこの店を出たら二度と会うこともないのだ。

「いや、プロの人のことはちょっとわかんないですね。僕、カメラはズブの素人なんで」

言ってしまった。必死に偽装していた自分が妙におかしくて、唇が震える。

菅沼さんが、目を白黒させた。

「ありゃ。相当やってる人だと思ってた。大きなバッグ持ってたから」

「いやあ、まあ、あれはダミーみたいなもんですよ」

「はーい、ビールでーす」

合計三本目の大瓶が運ばれてきた。互いのグラスに注ぎ、冷たいビールを飲む。体がふわりと膨らむようだ。

「そうか、ダミーですか。あのバッグ、カメラ用じゃなかったんだ」

「いや、カメラ用なんですけどね、父親が昔使ってたのを借りただけで、中身は本体とセットで売られてる望遠レンズが一本と、あとは着替えです」

本当のことを打ち明けてしまうと、気持ちがずいぶん軽くなった。箸さばきまで軽くなり、餃子に齧りつく。

菅沼さんは話の筋がまったく見えないようで、まだ目を白黒させている。

「なんで、そんな面倒なことを？　重いでしょ」

「まあ、いろいろと事情がありまして」

「何？　事情って。田中さん、もしかしてどこかの国のスパイとか？」

「そんなわけないじゃないですか」

笑ってしまった。アルコールが回ってきたらしい。

「まあ、スパイって感じじゃないよね。学生さん？」

「アルバイトです。フリーター。写真はただの趣味で。いや、趣味の一環、ですかね。ほんとに好きなのは鉄道で、ついでに写真も撮っておきたいなと」

「ああ。電車が好きな人と写真が好きな人って、けっこう重なってるもんね」

「そうなんですよ。カメラにバズーカみたいな望遠レンズと三脚を取り付けて雪の中を何時間も列車を待ち続けるような筋金入りになろうとまでは思わないんだけど、携帯とかコンデジじゃ、撮りたい瞬間にシャッターが切れないことが多くてストレス溜まるんですよね。だからやっぱり、もうちょっと性能がいいカメラで撮りたいなって欲が出てきて。で、型落ちの入門機を買ったと」

「わかるねえ。ギターと一緒ですよ。弾いてると、どんどんいいのが欲しくなるんだよね」菅沼さんは、うれしそうに頷いたあとで少し気まずそうな顔をした。ゆうべのことを思い出したのかもしれない。「まあ、ギターの話はいいや。それで、電車の写真がどうダミーのバッグに繋がるんです？」

「ええ、それが、ちょっと複雑な話で。具体的な写真があったほうが説明しやすいんだけど、カメラ置いてきちゃったしなあ」

「そりゃ残念」

「あ、携帯に転送した写真がある。見ます？」

「見る見る」

余計なことを言ったなと、勝手に切り出しておきながら僕は自分の軽率さを悔やんだ。相手が思ったほど恐い人ではないことに安心してしまったのかもしれない。しかし、「やっぱりやめた」とも言いづらい。

ポケットから携帯電話を取り出すと、僕はプロテクト済みの画像を開いた。

「これです」

端末をテーブルに置き、相手に向ける。

「電車の写真だね。普通の各駅の」

画面を見つめた菅沼さんが、拍子抜けしたような声を発した。写真は月ヶ浦駅のホームから停車中の普通列車の先頭部を写したもので、一見するとたしかになんの変哲もないスナップショットだ。

「画面が小さくてよく見えないかな。六つ切りサイズのプリントも持ってきてるんですけど、部屋に置いてきちゃって」

そう説明し、画面の左半分を拡大する。列車に乗り込もうとする瞬間の彼女が、手前にいる同じ高校の制服を着た後ろ姿に笑顔を向けている。

「かわいい子だね。芸能人？」

フォトグラファーとも交流のある人物に「かわいい」と認められ、いやにうれしくなってしまう。

「一般人です、たぶん。制服が地元の高校と一緒だから」

「そうなんだ。これは、モデルを頼んで撮ったのかな。ばっちり笑顔の瞬間が撮れてるけど」

「いやいや、偶然です。本当はこの列車のあとに通過したクルーズトレイン狙いで駅にいたんだけど、テストも兼ねて普通列車も押さえておこうとシャッターを切ったら、たまたま彼女が写り込んでて」

「なるほどねえ。よく撮れてるね。ピントばっちり」

「ええ。それで、『写真世界』ってご存じですか？　詳典社から出てる月刊誌なんですけど」

「ああ、本屋で表紙ぐらいは見かけるかな。手に取ってみたことはないけど」

「戦前から続く、日本でいちばん権威あるカメラ雑誌です。といっても、僕も鉄道写真の特集号が出たときにパラパラめくるくらいですけど」

「だはは。とくに愛読者でもないんだ」

「はい。読者の年齢層も高めだし。で、この雑誌の名物が巻末の月例写真コンテストで、その中のカラープリント部門に――」

「この写真を応募したいと」

「そうです」

「そうかー」

菅沼さんは背筋を正してもう一度画面を見つめると、グラスを手に取った。中身が少なくなっていたので、急いでお酌をする。

「あ、どうもすいません。そうか、コンテストか。入選すると賞金なんかも出るんですか？」

「ええ。まあ出ると言っても数万円ですけど、僕なんか入選なんてとてもとても。被写体の力で二次選考まで進めたら御の字です」

「あらら。それはまた弱気な」

「贔屓目に見てもそんなもんです。まあ、今回は参加することに意義があるというか、勝敗は二の次というか」

「目的は、入選じゃないと」

「はい。応募要項にこういう注意書きがあるんですよ。『被写体の肖像権には注意を払い、人物写真を応募する場合は事前に相手の許諾を得てください』って」

「おっ、見えてきたぞ。つまり田中さんは、権威ある雑誌への応募をきっかけに、この女の子とお近づきになりたいと」

菅沼さんがニヤニヤしながら指摘する。

「まあ、ええと、お近づきというか、撮らせてくれた感謝の気持ちを伝えたいというか、最悪言葉は交わせなくても、元気でいるところをもう一度見られればそれでいいというか……」

　顔が赤くなるのが、自分でもよくわかった。

「だはははは。それはなんとも純情というか、奥手というか、遠回しというか、未練がましいというか」

　まったくだ。

「そうですよねえ。話しかける口実を作るために権威ある雑誌の名前を利用して、少しでも玄人(くろうと)っぽく見せようと大きなカメラバッグ担(かつ)いできて。こんな近づき方、女の子から見たら気持ち悪いですよね」

　笑っていた菅沼さんが、静かにグラスを置いた。

「それでもし、この写真の子からオーケーが出たら、コンテストには応募するんですか？」

「ええ、もちろん」

「入選の見込みは薄いのに？」

「負けるのには慣れてますから。大学も第一志望じゃなかったし、結局そこも辞めちゃったし。だから、きっかけは不純だけど、このへんでもう一度勝負してみるのも悪くないかなあって」

　僕の倍かそれ以上の年齢の人が、どこかうれしそうに目を細める。

「そう言われちゃうと、応援したくなっちゃうなあ」

「そうですか？」

「うん。コンテストに応募しないんならただの回りくどいナンパだけど、するんだったら別ですよ。瓢箪から駒で入選ってこともあり得るしね」

　もしもそうなったら言うことはないけれど、動機の不純さには我ながら引っかかりを覚える。

「でも、彼女にしたら嫌じゃないですかね、こういう近づき方」

「たしかに、今の子にとっては重たいかもしれないけど、昔はそういう片想いは『純粋』とか『一途』なんて肯定的に受け取られたもんだよ」

「はあ」

　菅沼さんはグラスを摑み、ビールをぐっと呷った。

「たとえば歌の歌詞にしても、僕の若い頃は男も女もごく当たり前に片想いの相手を待ち伏せしてたんだから。ところが今はストーカーだ不審者だですーぐ犯罪扱いでしょ？　だから男女が出会えないのよ、歌の中でも現実でも。やりにくくってしょうがない」

壁越しに聞こえてきたゆうべの歌声が、耳の中で再生される。

「あの、質問していいですか」

「はい？」

「菅沼さんは、もしかしてミュージシャンの人なんですか？」

ゆうべから機嫌よく笑ってばかりいた相手が、苦い物でも舐めたような顔をした。

「まあ」意識した様子で、元のしまりのない顔に戻す。「いちおう、ね。といっても、それなりに顔が売れたのはもうはるか昔のことだけど」

酒で赤くなった相手の顔を、まじまじと見てしまう。「はるか昔」の言葉どおり、二十三歳の僕に見覚えはない。

「すごいじゃないですか。今の話だと、作詞もするんですよね？」

「ああ、まあ、してるというか、してたというか」

どこまで話すべきか迷っているらしく、相手は曖昧に答えた。

「ということはもう、引退しちゃったってことですか？」

「いや、現役は現役なんだけど、曲がさっぱり書けなくなっちゃってね。田中さんは、いまいくつですか？」

質問を返され、口の中でボソボソと「二十三です」と呟く。

「二十三か。いいなあ。僕の全盛期だ」

「すごく若いときに売れたんですね」

「うん。たしかに売れたのもその頃だけど、何より作曲家として全盛期だった。寝起きにふっと浮かんだメロディとか、道を歩いていてぽっと頭に浮かんだフレーズが、二十分か三十分後には曲になっているなんてことがちょくちょくあったしね」

　自慢話が、不思議と自慢話に聞こえない。過去の栄光を語るというよりは、電車の中に忘れてきた傘の特徴を駅員に伝えるような口調だ。

「そうだったんですか。なんかちょっと、聴いてみたいです。名前で検索すれば出てきますか？」

「いや、芸名使ってるから、『菅沼』じゃ何も出てこないよ」

「ちなみに、芸名は？」

「いやいや、教えないよ。言って『聞いたことないなあ』って顔されるのはショックだもん」

　どうも、一時は相当に売れた人らしい。

「じゃあ、代表曲は――」

「まあまあ、飲みましょうよ」

グラスにビールが注がれ、派手にあふれた泡が僕の手を濡らした。

悪くない店だ。

木製のテーブルは少々ガタついているし、壁に飾られたレトロ調のブリキ看板やネオンボードは野暮ったいし、ハワイアンミュージックばかりが流れるＢＧＭには工夫が感じられないけれど、右に弧を描く砂浜を横合いから見下ろすこの景色はいい。そして、このロコモコも悪くない。

玉子の黄身がたっぷりかかったハンバーグを口に運び、目を細めて窓の外を見つめる。右に向かって口を開けた湾は波も小さく、昼下がりの陽光を反射してキラキラと光っている。入り江の向こうの小山は、あの展望台のある岬だ。

平和だ。

月ヶ浦に来てよかったと、初めて実感できた。正当な有給休暇とはいっても平日に休むことには多少なりとも罪悪感が伴うものだが、二日目の午後になってそれがようやく抜けてきたのだろう。明日はもう帰らなければならないと思うと、この時間が止まったような空気が名残惜しく思えてくる。

目を凝らし、湾曲する海岸線沿いに房総グランオテルの建物を探してみる。が、湾の幅はざっと見たところ二キロはあり、私の視力では白い二階家は見つけられない。

自転車を借りられたのはラッキーだった。歩きではこの距離を往復する気にもなれないだろう。いや、借りられたというよりも、あれは押しつけられたと表現するほうが正しいか。

——歩きだとどこも遠いですよ。

——気晴らしにもなるし、ね？　海風浴びるのも気持ちいいから。

気味が悪いほど親切な主人と女将に口々に勧められたのには辟易しかけたけれど、たしかに気晴らしにはなったようだ。自転車にはここ何年も乗っていなかったので不安だったが、ペダルを踏んでみれば運転の仕方は体が覚えていた。歩きほどには体力を使わず自動車ほどには速すぎない乗り物は、今の気分に合っていたようだ。

眩しい屋外から、食べかけのプレートに目を戻す。運ばれてきたときは食べきれるか心配になるほどの量があった料理も、気づけばあと二、三口分しか残っていない。ランチタイムも終わりに近い店内に客は少なく、カウンターではアルバイトらしい女の子があくびを嚙み殺している。平和だ。

ここを出たらどこに行こう。電車の本数も少ないから、今から鴨川や勝浦まで足を延ばすのは億劫だ。しかし、近場の観光地についての予備知識はほとんどない。言われたとおり、夏海にパンフレットを見つくろってもらえばよかったかもしれない。いや、知識などなくてもいいか。自転車であてもなく町をうろついて、何かおもしろい物や変わった物を探すのも楽しそうだ。

テーブルの上で、携帯電話が振動した。画面の表示をたしかめる。会社からだ。

誰でもいい。宮里以外の人からであってほしい。そう念じながら料理を飲み込み、通話ボタンを押す。

「はい、佐藤です」

『宮里です』

サ行の発音が耳障りな、中年男の割れた声がスピーカーから聞こえてきた。

「あ、おつかれさまです」

まるで悪い知らせを聞かされたように、体が急に重だるくなる。

『イウズ社のサンプル――』

「はい？」

『ミ・ル・ズ・社っ』

「あ、はい。すみません。ミルズ社」

宮里の発音は投げやりで、こちらが聞き返すとたちまち機嫌を損ねる。しかし、確認をしておかないと不都合が生じたときにさらに大きな叱責を受けるので、怒鳴られるのを覚悟の上で聞き返さざるを得ない。東京の職場でのあの日々が、月ヶ浦まで追いかけてきた。

『イゥズ社のサンプル、十日過ぎてもまだ届いてないんだけど、これどうなってんの』

「あ、はい。えー、ちょっと、お待ちください」片手で足元のカゴからショルダーバッグを引っぱり出し、手帳を抜き取る。バッグが膝から滑り落ち、中身が床に散らばった。遠くまで転がる口紅やペンを無視し、手帳のページをめくる。「えー、ミルズ社は……」

自分が担当する仕事については、サンプルの納品にかぎらず出発前にひととおり段取りをつけてきたはずだが、相手の威圧を受けて目が文字の上を何度も滑ってしまう。

『早くしてくれよ』

例の舌打ち。心臓の鼓動が速まる。

「ええと、はい、ミルズ社のサンプルは……」ようやく、目的の文字列に目が留まった。同時に記憶の抽斗が開き、相手先の担当者との通話が耳の奥に甦る。「あ、はい。えー、納品日が、先方の配送の都合で十四日に延びました。こちらでのブツ撮りも、それに合わせて十五日の十一時でスタジオを押さえてあります」

『は？　そんなの初耳なんだけど』

不機嫌そうな声の奥から、職場の凍りついた空気までもが伝わってくる。

ぶちまけられた小物を拾い集めてくれた店員に礼を述べる余裕もなく、私はメモ帳に指を這わせながら会釈だけをした。

指が、〈10／7、メール㊖済み〉の所で止まった。

そうだ、たしかに宮里にはメールで報告した。それだけでなく、念を押して同じ日に口頭でも伝えておいたのだ。「そんな先の話、いちいち人を呼び止めて報告すんなよ」と、嫌味を言われたことまでこちらは覚えている。

ミスをしたのは私じゃない。相手のほうだ。私は悪くない。

いや、それでもやっぱり、謝ってしまおうか。相手の確認不足は指摘せず、こちらの連絡ミスということにしてしまえば、いつものように叱声を浴びるだけで事は丸く収まる。

でも、それで何が解決するのだろう。

窓の外に目を向ける。秋の初めの静かな海と、月の色をした砂浜。今朝の曇天からは想像がつかないほどの美しい光景だ。私の生活も、こんなふうに晴れ上がる日が来るのだろうか。それとも、今朝の空のような寒々とした日々をこれからも耐えてゆくのだろうか。

『おい、聞いてんのかよ』

「聞いてます」声が尖りを帯びた。かまわない。言ってしまえ。「納品日の変更の件は、メールで報告してあります。メーラーを確認してください」

『あ？』

「確認してください。十月七日の送信分です」

短い沈黙のあとで、舌打ちを聞かされた。続いて、キーボードを叩く音がかすかに耳に届く。

『いや、そういうことじゃないんだよ。メールだけじゃ不充分だろ』届いていたらしい。

『何日も席空けるんだから、直接——』

「お伝えしました。口頭で、直接。七日の午後です」

今度の沈黙は、十秒は続いただろうか。

『ああ、そう。いま、二段構えで俺に仕掛けてきたのね。性格悪いな、お前』

今度は人格攻撃か。まるで子供の口喧嘩だ。どんな言葉を浴びせても無抵抗だった部下に反論され、我を失っている様子だ。

黙っていると、相手は声色を半笑いに変えてきた。

『なーんか、楽しげな音楽が聞こえてくるな。お前、まさかと思うけど、どっか遊びに行ってんの?』

「はい?」

『いや、佐藤のためにあえて言うんだけど、気遣い足りないんじゃないかと思って』

「気遣い?」

『ほかの社員が会社来て働いてるのに、よく一人だけ呑気に休めるよな。佐藤さあ、有給休暇の意味わかってんのかよ』

愚かな人間だ。自分に非があるとわかったところで素直に詫びれば、こんな苦しまぎれの当てこすりなど口にせずに済んだのに。

――ほんとにごめんなさいね。静かにします。それはもう、死んだように静かにしますんで。だはははは。

大きな笑い声が、頭のどこかで聞こえた。菅沼だ。

そうなのだ。この宮里のようなクズもいれば、ギターを持った渡り鳥のような生活を気取る赤いパンツのバカも、この世の中にはいるのだ。どちらも自分には理解できない生き物ではあるけれど、単に「中年男」とひと括りにはできないものらしい。

『おい、聞いてんのかよ佐藤』

「聞いてなかったのは、いったい誰なんですかね」

驚くほど自然に、反撃の言葉が出た。

『あっ⁉』

「私、言った言わないの水掛け論に付き合う気はないですから」

『ちょっとお前、どういう意味――』

わめきたてる携帯電話を耳から離し、私は黙って〈終了〉ボタンを押した。

宮里の汚い声が、ぶつりと途絶えた。続けざまに本体の電源を切る。短い振動とともに、画面からは光が消えた。

やっちまったー。

根元が攣りかけるほど舌を出す。やっちまった。いい気分だ。もう会社のことなど知るものか。あとは野となれ山となれ、だ。

カウンターから気遣わしげにこちらを窺っていた女の子と視線が合い、あわてて舌を引っ込める。それから思い直し、私は手を挙げた。

歩み寄ってきた相手に、首をすくめてお礼を伝える。

「さっき、落とした物拾ってもらってありがとうございます」

「あ、いえいえ。……大丈夫ですか？」

よほどのあわてぶりだったのだろう。

「ええ、もう大丈夫」

仕事についてはともかく、気持ちの上では「もう大丈夫」だ。

「じゃあ、よかったです」

「ああ、そうだ」せっかくの有給休暇なのだ。もう少しゆっくりしていこう。「コーヒーください」

「はい。かしこまりました」

ウクレレの気楽な旋律の下、私はふと思い直した。コーヒーなら、今朝三杯も飲まされた。

「あ、ちょっと待って」女の子を呼び止め、メニューを開く。「コーヒーはやめて、ええと、そうだな……。あっ、パフェ！　フルーツパフェください」

大学生のような、華やいだ声が出てしまった。

油で黒ずんだ暖簾をくぐると、少しばかり頭がふらついた。
だいぶ飲んでしまった。昼酒は想像以上に効くらしい。この酔いは、夕方までに抜けて

くれるだろうか。

　会計を済ませて外に出てきた菅沼さんに、忘れないうちにとお礼を言う。

「おいしかったです。ごちそうさまでした」

　頭を下げたら、そのままつんのめりそうになった。

「いやいや、こちらこそありがとうございます、付き合ってもらっちゃって」

「じゃあ、これで」

「うん。タクシー呼ぶほどの距離でもないし、歩こうか」

　ここで別れるのかと思ったけれど、菅沼さんは海岸の方へ歩きだした。そうか、民宿に荷物を預けておいたのか。ギターもあるから、持ち歩くにはけっこうな大荷物だろう。

　よく晴れた午後の空を見上げ、菅沼さんが目尻に皺を寄せる。

「いやー、飲んじゃったね、こんな時間から」

「はい。これが昼酒デビューでした」

「ああ、そうだったのか。ごめんなさいね、悪の道に引きずり込んじゃって」

「いえいえ」

　ゆるやかな下り坂を、二人並んで歩く。餃子と青椒肉絲に五目炒飯（ごもくチャーハン）まで詰め込まれた腹はずっしりと重く、アスファルトの踏みごたえは妙に柔らかい。

「飲ませといてなんだけど、夕方までに醒めるかな」

「まだ時間があるんで、とりあえず昼寝します。あとは、歯を磨いて水を飲んでなんとか」

「じゃあ、宿に戻ったらあれあげますよ、ミントタブレット。口の中にいっぱい放り込んでおけば、まあニオイはどうにかごまかせるから」

「すいません。ありがとうございます」

菅沼さんが、長い髪を手で梳いた。

「田中君」

「はい」

「あの写真の子、今度こそ会えるといいね」

「はい。ただ、もう二回空振りしてるんで、さすがに不安になってきましたけど」

店の中から何度も同じ話を繰り返している気がする。僕だけでなく、菅沼さんも酔っているのだろう。

「なあに、会えるよ。三度目の正直っていうじゃない」

頭に浮かんだ「二度あることは三度ある」という言葉を道に捨て、あやしい歩調で踏み潰す。

「まあ、はい、頑張ります」

家並みの隙間に、チラチラと海が見えてきた。

眩しいですね、と声を掛けようとしたけれど、菅沼さんの目は道の先ではなく横合いに向いていた。視線の先には、さして広くもない駐車場と数台の車があるばかりだ。

「何かあるんですか？」

「僕の車」

「え？」

「ほら、ワゴンの手前の、緑のミニ」

こじゃれた外観の、しかしだいぶ年季の入った小ぶりなヨーロッパ車が、消えかけた白線の枠の中にちょこんと停められていた。

「あれっ？　車で来たんですか？」

「うん、そうだよ」

どういうことだろう。僕よりも足取りはしっかりしているけれど、それでも今はとても運転できるようには見えない。酒が抜けるまでどこかで酔い醒ましをするつもりなのだろうか。

アルコールに邪魔されてなかなか回らない頭で考えていると、菅沼さんが急に低い声を発した。

「僕の鞄のポケットに、キーが入ってます」

「え？　あ、はい。いや、僕、免許ないですし……」

「うん。いいんだ。言っておきたかっただけだから」

そう答えて笑い、海の方へと進む。何が言いたかったのかさっぱりわからない。

いったん海岸通りに出てから石段を上り、僕たちは房総グランオテルに戻った。

「ただいまー」

ガラス扉を開けた菅沼さんが、あいかわらずよく通る声を発する。

玄関ホールの奥にある応接セットで新聞を読んでいた主人が、顔を上げて四角い顔をほころばせた。食堂の昼の営業が終わり、ひと休みしていたところらしい。

「おかえりなさい。あ、田中さんも一緒でしたか」

「ええ。女将さんに教えてもらった中華屋さんでバッタリ。ねえ」

「はい。すっかりごちそうになっちゃって」

「ああ、そうですか」新聞を畳んで立ち上がった主人が、愛想笑いを浮かべながら僕たちの方へやってきた。「それで、菅沼さん。6号室なんですけど、すいませんがもうちょっとお待ちください。窓の障子紙が剝がれかけていたそうで、いまウチのが貼り直してますんで」

　6号室？　どういうことだろう。

「いやいや、そんな、障子くらいなくても大丈夫ですよ」

「でも、南側の窓ですから、朝は眩しいかと」

「いやー、ほんとに大丈夫なんだけどな。僕、蹴っても叩いても起きないですから」

　笑い合う二人の間に、僕はおずおずと割って入った。

「あの、いや、あのー、えっ？　菅沼さんって、一泊じゃなかったでしたっけ？」

「ああ、そういえば、田中さんは聞いてないですよね」主人が、どこか誇らしそうに説明する。「今朝決まったことなんですけどね、ここを気に入っていただけたそうで、菅沼さんから延泊のお申し出がありまして」

「えっ……。ああ、そうですか」

　もう少しで、その場に座り込みそうになってしまった。

　どうせその場かぎりの付き合いだからと、酒の勢いで自分の正体をペラペラと喋ってしまったけれど、僕はこの宿の娘の前ではプロカメラマンを装ってしまっている。

「そういうわけなんで田中君、もうひと晩お世話になります」

　僕の当惑など知る由もない菅沼さんが、気軽に肩を叩いてきた。

「はあ。やあ、こちらこそ」

どうすればいいんだろう。菅沼さんに正体のことを黙っているようにお願いするべきか。でも、主人がいる今は無理だ。

逆に、夏海にも本当のことを話してしまうのはどうだろう。「朝会ったときはついカッコつけちゃって」と素直に話せば、あの脳天気そうな娘なら「なーんだ」のひと言で許してくれそうな気がする。

いや、無理だ。夏海は写真の彼女と同じ高校の生徒なのだから、二人に繋がりがある可能性は捨てきれないし、今朝のあの興奮した様子では、もう学校中で言いふらしてしまっていることだって考えられる。だから、夏海には嘘をつき通すしかない。

面倒なことになってしまった。

「どうしたの？　気持ち悪いの？」

菅沼さんが、顔を覗き込んできた。

「いや、大丈夫です」

大丈夫なものか。

もうすっかり大丈夫だ。

仕事の上では破滅を迎えてしまったかもしれないけれど、とりあえず、胃袋と心は健康を取り戻しつつある。ロコモコだけでなくフルーツパフェまで平らげたのに、吐き気はおろか胸やけひとつしない。

右手に海を見ながら、ゆったりとペダルを漕ぐ。広い砂浜には、犬の散歩をする人が一人二人いるばかり。波が小さすぎるのか、きのうは何人か見かけたサーファーの姿もほとんどない。

気づけば、自転車は房総グランオテルの前を通り過ぎていた。この先にあるのは、展望台の下をくぐるトンネルだ。道は狭くなり海岸からも離れてしまうようなので、引き返すことにする。

自転車を方向転換したついでに、私は脱いだジャケットを前カゴに収めた。この陽射しのせいで、シャツの下にいくらか汗をかいてしまった。そういえば、さっき見かけた犬も暑そうだった。この陽射しで砂もだいぶ温まっていることだろう。

地面を蹴り、ペダルを踏む。今度は海を左に見ながら、ゆっくり走る。日はまだまだ高いし、このままっすぐ宿に戻ってしまうのもつまらない。とりあえず、これからのことは走りながら考えよう。なにしろ今日は有給休暇。何をするのもしないのも、すべては私しだいだ。

今ごろ、職場はどんなことになっているのだろう。同僚に電話してたしかめてみたい気もするが、携帯電話の電源を入れるつもりはない。

もしも宮里の怒りの矛先がほかの人たちに向いていたら気の毒だけど、各自どうにかしのいでもらおう。私がミスをしてあのクズを怒らせたのならともかく、あれは宮里の独り相撲だ。名物企画とはいえ、〆切が一ヵ月ちかくも先の新製品レビューにまで首を突っ込んでくるから恥をかくのだ。ざまあみろ。

それにしても、あの声は傑作だった。

——あっ⁉　ちょっとお前、どういう意味——。

ペダルを漕ぎながら、初めて聞いた宮里の狼狽した声を反芻する。あれはよかった。録音できるものならしたかった。

「うはー。やっちまったー」

ロコモコを食べたレストランで抱いた感慨が、今度は口をついて出た。はっとして周囲を見回してみたものの、歩行者の姿はない。せっかくだ、もう一度言ってやれ。

「いえー。やっちまったーい、やっ・ちまっ・たっ」

いい気分だ。

砂浜を割って海に注ぐ小さな川を渡り、ときどきあくびをしながら景色を眺める。自転車をUターンさせたときはひと塊に見えた海辺のホテル群も、ここまで来れば一棟一棟見分けがつく。ゼミ合宿で泊まったのはどの建物だっただろうか。

そんなことを考えているうちに海岸通りは砂浜から離れ、内陸に向かった。この先、月ヶ浦駅の手前で交差する国道を南西方向に折れればまたあのレストランに着くけれど、同じ道を往復するばかりではつまらない。

興味が湧き、しばらく行った先の十字路で自転車のハンドルを海側に切った。寄り道をするなんてずいぶん久しぶりだ。

リゾートホテルが並ぶ一角に近づくに従って、忘れかけていた記憶が甦ってきた。道の左右に点在する土産物店や飲食店を目にするたびに、「このへんで美希がアイスクリーム落としたな」とか「八年前に廃墟になっていたあの建物はまだそのままか」とか、とりとめのない感慨が次々と胸をよぎる。

やがて、はっきりと見覚えのあるホテルのエントランスが見えてきた。ここだ。クリームがかった壁の色も、エントランスの階段もそのままだ。

自転車を停めて、ちょっと中を覗いてみようか。ロビーを抜けた先にオープンテラスがあったはずだ。

そう思いながらも、足はペダルを漕ぎ続けた。感傷に浸（ひた）るつもりでいたのに、いざ思い出の地まで来てみたら、どうもそんな気にならない。

ホテルの前をあっという間に通り越し、陽射しの中をなおも進む。

今はたぶん、感傷よりも興奮が勝っているのだろう。なにせ、電話越しとはいえあの宮里をやり込めてやったのだ。

ホテル群が後ろに遠ざかると、左手の視界が開けた。道のすぐそばにまで砂浜が迫る。

自転車が進む先には、防波堤で囲まれたこぢんまりとした港が見えてきた。民宿の主人が魚を買い付けに来るという港はここだろうか。それとも、湾の反対の端にある港だろうか。

そうだ、もしも漁協の直営ショップでもあれば、ちょっと覗いてみよう。今ごろきっととばっちりを受けている職場の人たちに、少しいいお土産を買って行かなければ。

そんなことを考えて漁協のものらしい建物のそばでブレーキを掛けてみたものの、それらしい看板の類はない。どうやらここでは、一般向けの商店などは設けられていないようだ。

朝の展望台に続いて当てが外れた恰好だけど、とくに気分が落ち込むこともない。「それならそれで」と簡単に思い直すことができた。それほど興奮しているのだろう。

道路と砂浜を仕切る低いコンクリートの護岸のそばに自転車を停め、首を伸ばして港の様子を窺う。L字形の防波堤に囲われた港内に、人影はない。カモメが数羽、小魚でも落ちていないかと漁船の周りをうろついているばかりだ。

港の入り口には〈漁業関係者以外車輛進入禁止〉の立看板こそあるけれど、車輛でない私の侵入は禁じられていないらしい。

誰かに怒られはしないかと身構えながら、短い防波堤をLの字の角に向かって進んでみる。しかし外海に面した側は私の身長よりも高いコンクリート護岸がそびえていて、海はまったく見えない。護岸の上に出られるステップも探せばありそうだけど、上ったらさすがに怒られそうだ。

しかたがないので港の中でおだやかに揺れる漁船をしばらく眺めてみたけれど、すぐに飽きてしまった。

自転車まで戻ろうと、体の向きを変えたときだった。

「わお」

おもわず声が出た。防波堤の東、弓形の広大な砂浜にさざ波が寄せる光景が、視界いっぱいに広がっていたのだ。レストランの窓から遠望した眺めが、急に目の前に迫ったような感覚だった。

立ち止まったままずいぶん長くその景色を見つめていたら、久しぶりに自転車を漕いだ脚が疲れを訴えだした。この場で座ってしまいたいけれど、背後にある漁協の建物から見咎められるかもしれない。

しぶしぶ道路の方に戻りかけた私は、足元の防波堤が二段式になっているのに気づいた。港の外に面した側が一段低くなっていて、そこなら漁業関係者に見つかることなく腰を下ろせそうだ。

小走りでいったん防波堤の付け根まで戻り、低い段に下りてまたいそいそとコンクリートの上をLの字の角近くまで進む。

ゆっくりとその場にしゃがんでから、海に落ちないように慎重に縁に腰掛ける。太陽は南から西に移りかけており、このあたりは高いほうの段が陽射しを遮ってくれている。

足の下は海。水深は二、三メートルだろうか。何も踏む物がない状態にしばらくは落ち着かなかったけれど、それもやがて解放感に変わってきた。

いい眺めだ。碧い海と、月面にも似た明るい色の広々とした砂浜。靴底から一メートルほど下の海面を覗き込むと、名も知らぬ小魚の群れが泳いでいるのが見える。

やむことなく繰り返す波音に耳を傾ける。宮里の怒声と比べると――、いや、あの男のことなど考えてやるのはよそう。脳細胞がもったいない。

両手を腰の後ろについて、頭上を見上げる。黄色味を増してきた空にはあいかわらず雲ひとつなく、目を凝らせば星まで見えてしまいそうだ。いい休日だ。

そっと目を閉じ、秋空の眩しさを瞼（まぶた）で味わう。

ここで暮らすのも悪くないなあ、などと、唐突な考えが頭に浮かんだ。

いやいや、無理だ。何か手に職があるわけでもないし、簡単に実現できるのなら東京中の勤め人がここに殺到していることだろう。きっと、この土地で暮らすにはこの土地なりの苦労があるはずだ。「日本人だけを相手にしていたら先細りだ」と、夏海も言っていたではないか。

――都会で「これは」っていういい男見つけて引っかけて、舌先三寸で丸め込んで月ヶ浦まで連れて来て、あれよあれよという間に婿養子にしちまおう。

私に計画を打ち明けたときの爛々と輝く目を思い浮かべたら、頬（ほお）と目尻のあたりが急に突っ張った。どうしたのだろう。日焼けでひりつくのとはちがう、もっと強い感覚だ。

ああ、そうか。私、笑ってるんだ。

笑うということは、こんなにたっぷりと表情筋を使うものだったのか。あまりに久しぶりのことだったからたじろいでしまった。

いや、私以上にたじろいでいたかもしれない人たちがいる。夏海と、その両親だ。にこりともせず、話しかけても反応は鈍く、電話の呼び出し音ひとつで部屋に逃げ帰る三十路の女。しかも、夜明け前から一人で出掛け、朝食の太刀魚にいたく感激し、ほかの客には静かにしろとクレームをつける。泊める側としてはずいぶん気を遣っただろう。自転車を無償で貸してくれたのも頷ける。

「なはははは」

笑い声が出てしまった。でも、目を閉じる前に見たかぎりではあたりに人はいなかったし、仮にいたとしても、この波音がかき消してくれるので聞かれる心配もない。

思い返してみると、夏海も私に恋愛感情を抱いているのではなく、ただ人なつこいだけのようだ。ひどく間の抜けた誤解をしてしまった。よく知りもせずに「私、そういうのに理解あります」と言わんばかりの構えでいた自分が恥ずかしい。気を遣ったつもりでいたけれど、私があの子に気を遣わせていたのだ。

あの、人のよさそうな主人と女将もそうだ。私が注文をつけたせいで菅沼の部屋と私の部屋を離すことになったときは、特別に広い6号室を勧めてくれさえした。廊下の奥の部屋で寝るのは少し不安なので1号室のままにしてもらい、代わりに菅沼が6号室に移ることになったようだけれど、間に立った二人にはずいぶんと気を遣わせてしまったにちがいない。

宿に戻ったら、なるべくにこやかにしていよう。いや、それもかえって不気味か。よし、普通にしていよう。

目を閉じたままひとまず方針を固めると、私は瞼の向こうの空に向かって大きなあくびを一つした。いい休日だ。

眠れない。

酒気と眠気を少しでも解消しようと布団に横になってみたものの、自分がついた嘘のことが気になって眠れない。できれば菅沼さんに口止めをしておきたかったけれど、相手は玄関ホールで主人と魚釣りの話を始めてしまい、連れ出せる様子ではなくなってしまった。

まずはひと眠りして、それからあらためて菅沼さんの部屋をノックしよう。そう決めたものの、僕は心配事を抱えながら昼寝を決め込めるような大物ではなかった。しかも膀胱にはビールが溜まる一方で、眠気はますます遠ざかっていく。

眠れようが眠れまいが、三時半には携帯電話のアラームが鳴る。起きたら顔を洗ってもう一度歯を磨き、カメラバッグを抱えて駅まで行かなければならない。

どうして、こんなつまらない小細工を始めてしまったんだろう。自宅で一人、願望に願望を重ねた計画を練っていた自分が腹立たしく思えてくる。でも、夏海にプロカメラマンだと思い込ませてしまった以上、途中でこの嘘をやめるわけにはいかない。

だめだ、耐えられない。おしっこに行こう。

部屋を出て、トイレで用を足す。寝る前にも済ませたはずなのに、溜まった水分を出し切るまであきれるほど時間がかかった。ともかく、これで少しは眠れるかもしれない。

廊下に戻ると、となりの2号室のドアが開いていた。

「いえいえいえ、これくらいは持たせてください。すぐそこですし」部屋の中から声がして、ほどなく主人が廊下に出てきた。手に旅行用の鞄を提げている。「あ、田中さん」にっこりと笑う相手に「どうも」と頭を下げると、今度は陽気な声が聞こえてきた。

「やー、すいませんねご主人。助かります」ギターの大きなケースを抱えて、菅沼さんが部屋から出てきた。「おや、田中君。寝たんじゃなかったの?」

「ええ、その前に、トイレに」

「ああ、なるほどね」

主人が、にぎやかなギター弾きを振り返る。

「それじゃ菅沼さん、部屋の鍵をお預かりします」

「ああ、はいはい」

〈2〉の札が付いた鍵が、宿泊客から主人に手渡された。

「あれ？　チェックアウトですか？」

僕が発した間抜けな疑問を、菅沼さんが訂正する。

「いやいや、6号室に移るんですよ。さっき、延泊するって言ったじゃない」

「ああ、そうでした」

僕の正体を知るこの人が退場してくれればという願望が先走り、早とちりをしてしまったようだ。

菅沼さんは気を悪くした様子もなく、空いた手で廊下の端の方を指さした。

「そうだ。ついでだし、ちょっと見てく？　特別室だって」

「いやいや、特別室なんてほどたいしたものじゃないです」ドアに鍵を掛けつつ、主人が補足する。「まあ、十四畳ありますから、2号室よりはゆっくり寛いでもらえると思いますが」

「だって。見てく？」

正直なところ、興味はない。でも、菅沼さんを口止めするチャンスだ。

「じゃあ、お言葉に甘えて」

「どうぞどうぞ」

「ちょっと、お父さん」

廊下の奥へと歩きだした僕たちの背中に、後ろから声が掛けられた。振り向くと、廊下の反対の端に女将が立っていた。大きなカゴに、真っ白な生地が重ねられている。障子紙の補修を済ませ、屋上からシーツを取り込んできたところらしい。

女将は廊下の真ん中あたりまでやってくると、僕と菅沼さんに目で詫びてから夫を手招きした。

「佐藤さん、まだ帰ってきてないみたいなんだけど大丈夫かな。お昼のあとでどこか寄るって言ってた？」

主人が、腕時計をたしかめる。

「いやあ、聞いてないけど、まだ出てって二時間経ったかどうかだし、心配するのは三時間過ぎてからでもいいんじゃないか？」

「じゃあ、もう少し待つ？」

「うん。まだ日も高いし、いま連絡したら、自転車を返せって催促してるように聞こえるかもしれないし」

「それもそうか。じゃあ、三時間過ぎたら、ね？」

「うん。ま、大丈夫だよ、うん。大丈夫」

話が終わると、女将は僕たちに会釈してリネン室に入っていった。

小走りでこちらに戻ってきた主人が、苦笑いで詫びる。

「すいません。ああ見えてけっこうな心配性で」

どうやら、あの女性客が外出したままになっているらしい。

差し出がましいかとは思ったけれど、僕は意見を述べてみた。

「佐藤さん、もしかしたら展望台にいるんじゃないですかね。今朝も、ものすごい早いうちからわざわざ登りに行ったみたいですし」

「ああ、なるほど」

思い当たる節でもあるのか、主人は素直に頷いてくれた。

「なんです？　展望台って」

菅沼さんが、僕と主人の顔を見比べる。

「ええ、近くにあるんですよ。ちょっと東に行った岬の上に」主人が1号室側の廊下を指さす。「いちおう、このへんでは海から昇る朝日を眺められる名所ってことになってるんですけどね」

「曇ってましたね、今朝」

僕の言葉に、主人が苦笑いで応じる。

「あれは、気の毒でした。まあ、天気ばっかりはどうしようもないんですけど」そう答えると、主人は声の調子をあらためた。「さて、じゃあ、あらためて6号室にご案内します」

「はい、よろしくお願いします」

頭を下げた菅沼さんと主人に続いて、僕も廊下の奥に向かった。

〈6〉の札が付いた鍵をノブに差し込み、主人がドアを押し開ける。踏込と呼ぶらしいけれど、ふすまの手前のスリッパ脱ぎ場からして僕の3号室のものよりも広い。

先に入った主人に招かれ、菅沼さんに続いて部屋に上がり込む。

「おーっ、これは広い」

菅沼さんの大きな声が、ひときわ大きくなった。ギターケースを壁際にそっと横たえると、今夜の部屋の主はうれしそうに畳の上を歩いた。南側と西側の窓の障子が開けられ、海の青が目に飛び込んでくる。南側の窓のそばは板張りになっていて、まるで旅館のように籐椅子とコーヒーテーブルが設えられている。床の間のテレビも、３号室よりひと回り大きい。

　さっそく籐椅子に腰掛けた菅沼さんが、満足げに部屋を見回す。

「いやー、一人で使わせてもらっちゃって申し訳ないなあ。佐藤さん様々ですよ」

　この場にいない人物の名前が出てきた。どういうことだろう。単に宿泊プランをアップグレードしただけのことじゃないのだろうか。

　疑問が顔に出たようで、菅沼さんは苦笑いを浮かべた。

「いや、じつはね、僕の歌声がうるさかったみたいで、佐藤さんから物言いがつきまして」

　主人がすかさず言葉を付け足す。

「ええ、まあ、物言いといいますか、せっかく広い部屋が空いているんだから使ってもらおうと……」

　体よく隔離されたということか。ただ、僕としても騒音の発生源は遠ざかってくれたほうがありがたい。

「じゃあ、今夜はここで思う存分歌ったりギター弾いたりできますね」

　僕の言葉に、菅沼さんが両手を振る。

「いやいや、今夜は遅くとも九時には切り上げるよ。みなさんの安眠を妨害しちゃ悪いし、いい気になって歌ってたら、また夏海ちゃんがすっ飛んでくる」

「すいません、うちの娘が出すぎた真似をしまして」

すっかり恐縮した様子で、主人が頭を掻く。そうか、ゆうべ菅沼さんを黙らせに来たのはあの子だったのか。

「やあ、あれは僕が悪いんですから。お酒飲んで夜中まで歌ってたら、そりゃ夏海ちゃんじゃなくたって怒りますよ。あの子が来てくれなかったら、それこそ一時二時まで歌ってたかもしれないし。だはははは」

娘ほどの歳の女の子に叱られたことを笑える呑気さは、僕も少し見習ったほうがいいかもしれない。

愛想笑いを浮かべた主人が、上目遣いに尋ねた。

「ちなみに菅沼さんは、どういうのを歌われるんですか?」

「僕?」笑顔が、とたんにぎこちなくなる。「いや、古い歌ですよ。もう誰も覚えてないような」

「それなりに顔が売れた」時代の話が聞けるかと思ったけれど、やはり話す気はないらしい。

「ああ、そうですか。それはそれは」客の表情に変化を見て取り、主人は簡単に引き下がった。「とにかく、今夜はお邪魔しないように娘には言っておきますので」

「うん、そうですね。それがいい。そのほうがいい」

菅沼さんが、妙に真面目ぶった顔で頷いた。男性客として、この人なりに娘を持つ父親に配慮したのかもしれない。

「じゃあ、私はこれで。一階にいますんで、何かありましたらおっしゃってください」

「ああ、はい。お世話さまです」

菅沼さんに6号室の鍵を手渡すと、主人はほとんど音も立てずに部屋から出て行った。踏込まで主人を見送った菅沼さんが、戻ってくると僕に目を留めた。

「そうだ、田中君。ミントタブレット」

バッグのそばにしゃがみ込んでポケットの中を探ると、相手は小さなケースをこちらの胸元にひょいと投げてきた。両手でどうにか受け取る。

「ああ、どうも、すいません」頭を下げてから、僕はここに来た理由を思い出した。「そうだ。あのー、菅沼さん」

「ん？　なに？」

物をもらった直後とあって、ひどく言いづらい。

言いづらくても、言わなくては。

「あのー、じつはですね、延泊するって知らなくて、そのー、酔って気が大きくなったこともあって、『旅の恥はかき捨て』というか、そんな気分で素人カメラマンだってことをお話ししましたが」

「ええ、お話ししていただきましたが？」

からかいまじりに先を促（うなが）された。

「それがそのー、今朝、この宿の娘さんの前では、別の説明をしちゃったというか、別の解釈をされちゃったというか――」

「ああ、はいはい。そういうことね。もちろん黙ってますよ。うん、大丈夫」

手をひらひらと振り、菅沼さんは笑って請（う）け合った。こんなに安心できない「大丈夫」は初めて聞いた。

「あの……」

「だーいじょうぶだって。田中君、まだ二十三でしょ？　女の子の前でカッコつけたくなる気持ちは痛いほどわかるよ。思い出しちゃうなあ。かつて僕もそうでした、うん。だはははは」

だはははは、じゃないよ。

そう毒づきたくなるのをこらえ、僕は「くれぐれもよろしくお願いします」と念を押すと6号室をあとにした。

苦しい。息ができない。鼻の奥が痛い。体が動かない。

何が起きたんだろう。耳元でゴーゴーと音がする。真っ暗だ。目をつぶっているんだ。両目を開けたとたん、視覚よりも先に痛覚が働いた。刺すような痛みが目を襲う。驚いて叫ぶと、今度は冷たいものが口の中に押し入ってきた。

苦しい。上も下もわからない。目は開いているのに、何も見えない。いや、キラキラした光と、白っぽい粒のようなものが顔の前で躍っているのが見える。泡だ。水だ。海水だ。そうか、私、防波堤から落ちたんだ。いつの間にか居眠りをしていたんだ。

声にならない叫びを発しながら、手足を必死に動かす。すぐそばに防波堤のコンクリートがあるはずなのに、指先にもつま先にも何も触れない。全身が冷たい。鼻が痛い。喉が痛い。目も痛い。苦しい。苦しい。苦しい――。

寝坊だ。

この部屋の薄暗さ、目を開いた瞬間の瞼の軽さ。四十分程度の昼寝とはどうも感じがちがう。

寝ぼけた頭でそこまで考えたところで、僕は掛け布団を撥ねのけた。

どこかで、木を叩くような音がする。

枕元の畳に手を這わせ、携帯電話を手に取る。午後三時四十七分。十七分の寝坊だ。セットしたはずなのに、どうしてアラームが鳴らなかったんだろう。

そんなことを考えるのはあと回しだ。すぐに顔を洗って駅まで急げば、四時三十八分着の列車には間に合う。

立ち上がったところに、また木を叩くような音が聞こえてきた。ノックだ。ふすまの向こうで、誰かがドアをノックしている。

「はゃ、はーい」

口が回らず、声が裏返る。

Tシャツ姿のままドアを引き開けると、廊下に女将が立っていた。手に携帯電話を握りしめている。

「あ、田中さん。お休み中でしたか。ごめんなさい。あのー、ほんとに申し訳ないんですけど、ちょっと留守番をお願いできませんか」

「え？　いや、ええと、僕も、駅まで出掛けるところで……」

「あっ、そうなんですか？　困ったな、どうしよう」

今すぐ顔を洗って宿を飛び出したいけれど、激しく狼狽した様子に僕までうろたえてしまった。何か事情があるらしい。

「あの、どうかしたんですか？」

「ええ、1号室の佐藤さん、まだ帰ってこないんです。さっきから何度も携帯に電話してるんだけど、電源が切られてるみたいで」

「それは、ちょっと心配ですね」

「でしょ？　どうしよう、あの人、やっぱり自殺する気だったのかも」

「自殺!?」

唐突に耳に飛び込んできた物々しい言葉に、眠気が吹き飛んでしまった。

「いえ、まだそうと決まったわけじゃないんだけど、お昼を食べに行っただけにしてはいくらなんでも遅すぎるから。お父さんが言うには、あの人八年前にも月ヶ浦に来て展望台に登ったらしいっていう話だし、ひょっとしたら最初からそういうことも考えていたんじゃないかって」

「いや、まさか……」

否定しようとしたけれど、ゆうべの食堂での陰気な佇まいを思い出したら言葉が詰まってしまった。

今朝は展望台のほかにどんな話をしただろうと寝起きの頭をひねっていると、廊下の奥のドアがいきなり開かれた。突然の物音に、二人揃(そろ)って身をすくめる。

6号室から出てきた菅沼さんが、好奇心まじりの顔でこちらに歩いてきた。

「なんか、あったんですか？」

女将が、飛びつくような勢いで頷く。

「はい。連絡がつかないんです。佐藤さん、自転車で出てもう三時間はとっくに過ぎてるのに、おかしいでしょ？　やっぱり、おじいちゃんが言ってたことは本当だったのかも」

「おじいちゃん？」

「うちの先代です。反対されたんです、お一人様も受け入れようって決めたときに。『女の一人旅は危ない』って」

「ええと、つまり？」

動転して要領を得ない女将の代わりに、僕が説明した。

「佐藤さんが、昼ごはん食べに行ったまま帰ってこないんだそうです。携帯も電源が切ってあるらしくて、それで女将さんは、万が一のことを心配しているみたいで」

「なるほど。ご主人は？」

女将が答えた。

「捜しに行ってます。ワゴンで。でも、まだ連絡がなくて。だから、やっぱり私も軽で捜しに行こうかって思って。二台で回ったほうが見つけやすいでしょ？」

「なるほど」

「だから、ほんとに申し訳ないんですけど、しばらく留守番をお願いできませんか？　田中さんはもう出掛けないといけないそうですし、今日はほかに予約もないですから」

菅沼さんはちらりと僕を見ると、思案顔で腕組みをした。

「うーん、留守番くらいしてもかまわないんですけど、女将さん、今かなり動揺してますよね。その状態で車を運転するのはちょっと危ないし、事情がよくわかってない僕よりも、女将さんがここで司令塔になったほうがいいと思うんですよ。車なら、僕も乗ってきてますし」

飲酒運転はもっと危ないけれど、半ばパニックになっている女将は気づいていない様子だ。

「じゃあ、お願いできますか？　ほんとに、こんなことをお客さんにお願いするのは心苦しいんですけど」

「いやいや、ご遠慮なく。知らんぷりできる話でもないですし。じゃあ、田中君。すぐに準備できるかな？」

「はい？」

「出掛けるんでしょ？　人捜しがてら、途中まで送ってくよ」

砂だ。

靴の先が今、たしかに海の底の砂を掻いた。いや、やっぱり気のせいかもしれない。どっちでもいいから、とにかくもがかなければ。もがいてみたところで、今の砂の感触が気のせいだったら助からない。でも、もがかなければまちがいなく死ぬ。だったら、もがけ。

最後の力を振り絞り、意識より先にあきらめつつある体をでたらめに動かす。岸に近づいているのか、沖に流されているのかもわからない。岸に向かっているのなら、左に防波堤があるはずだ。しかし海水に洗われ続けた両目はぼやけていて、ほとんど何も映さない。

ふとした拍子に、手の抵抗が消える瞬間がある。海面の上に出るのだろう。でも、顔はなかなか水の中から抜け出せない。むしろ、沈んでいくようだ。

靴の裏に、また感触があった。柔らかい。まちがいなく砂だ。陸はあっちだ。あっちに行けば助かる。助かりたい。

両手で水を掻き、砂が触れた方向に体を運ぼうとひたすらにもがく。

波に押されて足の先に砂を感じ、引き波に戻されてまた支えを失う。希望と絶望の間を繰り返し行き来していると、ふとした弾みに両足がしっかりと海底をとらえた。泳いでいるとも歩いているともつかない滅茶苦茶な動きで海の底の砂を巻き上げ、岸があるはずの方向を目指す。

ふいに、陸が見えた。空と、砂浜だ。しかしすぐに視界が波に覆われる。そしてまた、海面上の光景が見えた。息を吸おうとしたけれど、吸えない。海中で激しく咳き込み、あまりの苦しさにつっぱった足が砂を蹴った。

顔が出た。髪がべったりと顔に貼りつき視界を隠す。砂を踏んだ足を右、左、右と前に進める。転び、また水を飲み、咳き込む。両手の指がズブリと砂に沈んだ。膝が水の底に触れ、背中が空気に触れる。助かった。波打ち際を、赤ん坊のようによたよたと這う。両手と両膝が、波に洗われながらもたしかに地面に触れている。

海中でさんざん動かした四肢が体重を支えきれなくなり、その場に突っ伏す。湿った、しかし水に浸かっていない砂に頰をつけ、何度も咳き込む。波が腰から下を洗う。あと数歩進めば全身が海から抜け出せるけれど、その力が湧かない。とにかく、助かった。顔は海水と涙と鼻水にまみれ、服は靴下の先まで濡れていない所がない。けれど、助かった。止まらぬ咳のわずかな隙に、酸素を吸い込む。

どれほどの時間、波打ち際で横たわっていたのだろう。ほんの三分ほどにも、三十分のようにも思える。乱れていた呼吸が、徐々に落ち着いてきた。腰から下を濡らしていた波が、ときおりみぞおちまで届く。夜に向かって潮位が上がってきているのだろう。水に呑み込まれる苦しさと怖ろしさを思い出し、私は両手で砂を摑むと波打ち際をずるずると這った。歩幅にして、せいぜい二歩か三歩分だろうか。それだけでも息が上がる。

人の声が聞こえる。男？　ライフガード？　いや、今はオフシーズンだ。防波堤から見たかぎりではサーファーの姿もなかった。いずれにしても、男の声だ。こちらに何か呼び掛けているようだけれど、波音にまぎれてよく聞こえない。

下着が透けて見えたら嫌だな。

そう考えてから、体裁を気にする自分に気づく。死の淵から生還できたことを、いま初めて実感できた。

乾いた砂を踏んで誰かが近づいてくるのが、気配でわかった。顔をどうにか動かし、目を向ける。宿の玄関で見かけたキャンバス地のコンバースと、赤いパンツ。ああ、あの男だ。

「大変そうですね」

馬鹿野郎。これが楽なように見えるか。

「お、おかまいなく」

どうにかこうにか答えると、相手は私のそばでしゃがみ込んだ。長い髪が海風にそよぐ。やっぱり、菅沼だ。

「いやいや、誰だっておかまいしますよ、その状況じゃ。もしかして、そこの防波堤から海に落っこちたとか？」

答えようとした私は、声の代わりに海水を吐き出した。よだれが糸を引く。死にたいくらい恥ずかしい。死ななくて安堵しているのだけれど。

「あーあー。無理しないで」

突然、菅沼の姿が視界から消えた。みっともない姿を見て嫌な気持ちになったのだろうか。相手はあの迷惑なギター男なのに、いないとなるとまるで無人島に取り残されたような心細ささえ覚える。

あやうく泣きそうになっていると、コンバースがぴちゃぴちゃと水を踏むのが背後から聞こえた。手が背中に当てられる。温かい。

背中をさすられた私は、「結構です」と言おうとして繰り返し咳き込んだ。野良犬の断末魔のような音を何度も発しながら、少しずつ呼吸が楽になっていくのを感じる。

菅沼のパンツの裾もすっかり濡れてしまったはずだけど、背中をさする手は止まらない。ありがたい。

菅沼が、世間話でもするような調子で言葉を発した。

「そこの歩道の護岸の所にね、自転車が置いてあるのが見えたんですよ。で、ひょっとしたらと思って砂浜を見たら、なんだか貞子みたいなのが海から這い出て来るじゃないですか。もう、びっくりしてね、心臓が止まるかと思いましたよ。だははは」

止まればよかったのに。

芽生えかけた感謝の念が、瞬時に萎れた。

しっとりと濡れた砂の匂いの空気を三度四度と肺に取り込み、呼吸を整えてから、上半身を起こす。しかしまだ酸素が足りないらしく、私はすぐにうつ伏せに戻ってしまった。

「無理は駄目だよ。念のため、救急車呼びましょうか？」

「いえ、そこまでじゃ……」

背中をさすってくれた礼だけは言っておこうかと思いかけたところに、悲鳴のような甲高い音が聞こえた。道路の方からだ。ブレーキ音か。車のドアが力いっぱい閉められる音が続く。

「ありゃ。宿のご主人だ」

菅沼の呑気な声に、顔をどうにか上げる。護岸を回り込んだ房総グランオテルの主人が、砂に足をとられて何度もつんのめりながらこちらに駆けてきた。

「やあご主人。いましたよ、佐藤さ――」

「大丈夫ですかっ⁉」

菅沼の大きな声をもかき消す切迫した問いかけに、私はどうにか「ええ」と答えた。

「そうですか。よかった！　本当によかった」

砂にひざまずき、絞り出すような声で「よかった」と繰り返した主人は、ふいにひどく真剣な目で私を睨みつけた。

「あのね佐藤さん。この際だから言わせてもらうけど、どんなにつらくったって、どんなに苦しくったって、おかしな真似をするんじゃないよ！」

海からの風が、いやに情熱的な言葉を巻き込み流れていった。

唐突な感情の爆発に、私も菅沼もただポカンと主人の顔を見つめることしかできなかった。つらくて苦しい海の中から、やっと這い出てきたところなのに。

本人にとっては予想外の反応だったのか、主人は二つ三つまばたきすると「さて」ととりすました顔で立ち上がり、膝の砂を払った。

何かが、喉の奥からせり上がってくる。また海水かと胸を押さえたけれど、出てきたのは笑い声だった。

「だはははははは！」

くやしいことに、菅沼の笑い方とそっくりになった。笑いすぎて咳き込み、それからまた「だはは」と笑う。気遣わしげな主人には悪いけれど、笑いをこらえ切れない。そうか、自殺の心配までされていたのか。私、ロコモコとパフェを平らげてうたた寝をしていただけなのに。

それにしてもなんだ、今のこの姿。全身から海水を滴(したた)らせて、顔にはワカメみたいに髪を貼りつけて、まるで海産物じゃないか。

「ははは……。あ、いえ、ごめんなさい。そうですよね、自殺しそうなほど暗い顔してましたよね。ご心配おかけしました」

体を起こし、濡れた砂の上で正座する。今度は咳き込まずに済んだ。

「あの、えー、そのつもりじゃあ、なかったんですか？」

私につられ、相手も正座する。

「はい、誤解です。ごはんのあと、そこの防波堤の先の方でのんびりしてたら、のんびりしすぎちゃったみたいで、居眠りを」

我ながら、ずいぶんと間抜けな顚末だ。

「はあ」

「いえ、自殺を疑われたのも、考えてみれば無理もない話なんです。まあちょっと、えほっ」咳の残党が出た。「このごろ仕事で行き詰まってまして、それで有給休暇を。ただ、その案件も解決済みといいますか、破壊済みといいますか、もう思い悩むこともありませんので、今後はなにとぞお気遣いなく。このたびは本当にご面倒をおかけしました」

砂に両手をついて頭を下げる。

「そうだったんですか。いえ、こちらこそ早とちりをしまして、お恥ずかしいかぎりで」

二人で武道の稽古のように礼をしていると、菅沼が「ああ、もしもし」と呑気な声を発した。携帯電話を耳に押し当てている。

「女将さんですか？　菅沼です。佐藤さん、見つかりましたよ。いやいや、ピンピンしてます。まあ、変わり果てた姿といえば、変わり果てた姿ですけどね。だははははは」

正座したまま、中年男を睨みつける。

「へぇっくしっ！」

不本意ながら、豪快なくしゃみが出た。

「ええ、ご主人も一緒です」菅沼が、こちらを見遣る。「それでね、ぼちぼち帰ろうかというところなんですけど、あのー、お風呂って、もう沸いてます？」

小さな駅舎に、地元客らしい人たちが一人、また一人とやってくる。さすがに観光客には慣れているようで、僕の一眼レフとカメラバッグを見ても誰もジロジロと観察したりはしない。
腕時計に目を落とす。午後四時三十三分。次の下り列車の到着まで、あと五分しかない。

心臓の鼓動が速まってきた。しかし、呼吸は乱れていないし汗もかいていない。菅沼さんが車でここまで送ってくれたおかげだ。飲酒運転の助手席に乗るのは恐かったけれど、ハンドルさばきは安定していた。ひょっとしたら、普段からやっているのかもしれない。

――それじゃあカメラマンさん、グッドラック。

そんな気障（きざ）な言葉を残して菅沼さんが駅前ロータリーを走り去ってから、もう三十分になる。佐藤さんは見つかっただろうか。

いや、薄情なようだけど、いま大事なのは自分のことだ。

待合室のベンチに腰掛けたまま、カメラの電源を入れる。バッテリーは充分。昼寝の前にまちがって午前の三時半にアラームをセットしてしまった携帯電話も、求められればすぐにあの写真が開けるように準備してある。よし。

四粒目か五粒目のミントタブレットを口に放り込んでから、カメラバッグのファスナーを開ける。

部屋を出る間際に急いで押し込んだので心配だったのだけれど、クリアファイルに収めた六つ切りサイズのプリントは、折れも撚（よ）れもなくあの笑顔を閉じ込めていた。

こうして引き伸ばした物を見ると、やっぱり粗（あら）が目立つ。彼女の姿に文句はいっさいないけれど、ステンレス製の列車の照り返しがきつい感じがするし、画面の下の方に無駄なスペースがあるような気がするし、水平が取れていないようにも見える。

菅沼さんには「二次選考まで進めたら御の字です」と言ったけれど、これではコンテストの一次選考に引っかかるのもむずかしいように思える。だからこのサイズを最初に見せたら、彼女の許諾はもらえないかもしれない。よし、プリントは最後の手段ということにして、とりあえずはカメラ本体の画像を見せてアピールしよう。

もっとちゃんと、写真を勉強していたらなあ。

そんな思いを、タブレットと一緒に噛みしめる。

被写体が喜んでくれるくらいいい写真を撮れる腕があったなら、こんなカメラバッグで自分を飾り立てたり嘘をついたりしなくても、快くオーケーをもらえたのかもしれない。だいたい、こんな僕が近づいて行ったところで、彼女は相手にしてくれるのだろうか。写真を見せても鼻であしらわれるだけかもしれない。いや、あの無垢(むく)な笑顔の持ち主が、そんな仕打ちをするとは考えられないし、考えたくもない。

逆に、無垢が度を越していた場合も心配だ。話しかけたとたんに防犯ブザーを鳴らされでもしたら、居合わせた乗降客に警察に突き出されてしまうかもしれない。

居合わせるといえば、もっとも厄介(やっかい)なジョーカーが一人いる。宿の娘だ。高校が同じということは、下校の時間も同じになる可能性がある。きのうはこれから来る三十八分着の列車に乗って帰ってきたから、今日も同じ列車に乗っているかもしれない。

　隠れてやり過ごそうか。いや、それで写真の彼女を見失ったり声を掛けそびれてしまったりしたら意味がない。むしろ堂々としていたほうがいい。なにせあの娘のことだ、変にコソコソ隠れたりしたら、おもしろがって首根っこを摑んで引っぱり出されてしまいそうだ。

　村のわんぱく坊主に捕まった仔ウサギの姿を連想していると、ポケットの中で携帯電話が振動した。画面には、ゆうべと同じ０４７０から始まる番号が表示されている。

「もしもし」

『あ、田中さんですか？　房総グランオテルです』

　女将さんだ。声が弾んでいる。

「あ、どうも」

『佐藤さんね、見つかりましたよ！』

「ああ、そうですか。よかったです」

　淡々（たんたん）と応えてしまった。一緒になって喜ぶべきなのはわかっているけれど、今は自分のことで頭がいっぱいだ。相手はかまわず続ける。

『防波堤から海に落っこちちゃったんですって。ついウトウトして。もう、ほっとしたやらおかしいやらで。私なんかほら、つい縁起でもないこと想像しちゃったけど、ぜんぜんそんなんじゃなかったみたいで』

「ああ」

ホームのスピーカーが、短いチャイムを発した。続いて、自動音声案内が流れる。

『まもなく、1番線に、各駅停車安房鴨川行きが参ります――』

来る。

『もう、ご迷惑おかけしました。佐藤さん、だいぶ水を飲んだらしいんで、とりあえずうちで様子を見て、それからお医者さんに診てもらうか決めようってことになったんですけどね、まあ、とにかく見つかってよかったですよ』

「ええ、よかったです」

今すぐ電話を切って列車の到着に備えたいという気持ちが、受け答えに滲んでしまった。相手はなおも続ける。

『で、うちの人なんですけどね、佐藤さん降ろしていま車で駅に向かってるんですけど、よかったら田中さんも乗ります？』

どうして、僕が駅にいるのを知っているんだろう。

「えっ、いや……」そうか。昼寝を起こされたときに口を滑らせていたんだ。「あー、まだちょっと、用が済んでないんで」

　佐藤さんのほうは解決したようだけど、僕はこれからが正念場なのだ。

『ああ、そうでしたか。じゃあお騒がせしたお詫びに、電話一本もらえれば代わりに私が――』

「いやいやいや！　大丈夫ですから、ほんとに」

『そうですか？』

「はい、大丈夫です。あのー、はい、大丈夫です」

　自分の口下手ぶりが呪わしい。

『わかりました。じゃあ、何かありましたら』

「はい。すいません。失礼します」

　今にも迎えの車を発進させてしまいそうな女将を押し返すようにして、通話を切る。ほっと息つく暇もなく、下り列車がやってきた。かつては都心を走っていた通勤型電車は減速性能もよく、控えめなブレーキ音とともに滑らかに停止した。ベンチから立ち上がり、カメラバッグを手に改札の正面に向かう。

　僕がいる駅舎からでは、跨線橋を渡った先にあるホームの様子はよく見えない。彼女はこの列車に乗っているのだろうか。それとも、また今度も空振りに終わるのだろうか。

喉が渇いてきた。お茶をひと口飲んでおこうかと足元のバッグのファスナーを開けかけたところで、降車客たちがやってきた。ファスナーを閉める。

高校生たちの足音と短い挨拶、そして簡易自動改札機の信号音の中、最初のひと言を頭の中でイメージする。が、何も出てこない。今の電話に考えを掻き回されて、何パターンか用意していた言葉がすべて吹き飛んでしまった。

じっと立ち尽くしながらも内心では右往左往していた僕は、体の大きな男子学生たちの後ろに女子高生の姿を垣間見ると、いよいよ激しくうろたえた。

彼女だ。動いている。等身大だ。すごい、実在したんだ。

夢にまで見た瞬間の訪れに、おかしな感慨が湧く。とにかく、彼女だ。誰かと一緒なのか、笑顔だ。本物は写真以上だ。発光して見える。

勇気を奮って踏み出しかけた足は、一歩で止まった。先に改札を抜けた男子たちの陰になっていた人物と、目が合ってしまった。

「あっ、田中さん！」

夏海だ。彼女と一緒に改札を出てきた。友達だったのか。まいった。どうしよう。このパターンは考えていなかった。地元が同じなのだから、充分にあり得ることなのに。

目の前までやってくると、宿の娘は僕のカメラに目を留めた。

「まさか、朝からずっとここにいたんですか？　さっすがプロカメラマン！」

ああ、信じきっている。

「いや、もちろんいったん宿に帰ったよ」

この場で生まれた思い込みは、即座に打ち消せた。でも、プロカメラマンというさらに大きな思い込みに、僕はまだ手をつけられずにいる。

「まあ、帰りますよね。昼とか、オフシーズンの駅はほんっとに人がいないし」勝手に納得してくれた夏海が、そばでニコニコしている彼女の腕をとった。「そうだ。紹介しますね。この子、従姉妹のハルカ」

えっ、と叫びそうになるのを、僕はすんでのところでこらえた。友達どころか、血縁関係があったなんて。顔の完成度にはずいぶんな差があるのに。

夏海に「ほらほら、例のプロカメラマン」と耳打ちされた彼女が、「わー、緊張する」と、砂糖をまぶしたようなとびきりかわいらしい声で恥じらった。それから、僕の目を見ながら一歩進み出る。心臓が破裂しそうだ。

「はじめましてぇ。なっちーの――夏海の従姉妹の、元吉遥佳（もとよしはるか）ですぅ。プロのカメラマンさんって、とってもステキだと思いますぅ」

ステキ、という言葉が頭の中を駆け巡る。

「ああ、どうも」いや、こんな気の抜けた挨拶じゃだめだ。何か、もう少し会話が膨らむようなことを言わないと。「あの、こちらにお住まいなんですか？」

「いえ、私は大原ですぅ」

写真の彼女が、半年も憧れていたあの動かぬ女神が、僕に微笑みかける。

オタク特有の裏返った声が出そうになるのを必死に抑え、僕は会ったこともないプロカメラマンの声色をイメージしながら言葉を探した。

「そうですか、大原ですか。いい所ですよね」列車の窓から眺めたことしかないけれど。

「今日は、こっちには用事か何かで？」

「用事はないんですけどぉ、明日が開校記念日で学校がお休みなんで、なっちー――夏海の家にお泊まり会に来たんですぅ」

泊まるのか！　僕が泊まっている民宿に。

「ああ、そう、お泊まり会。いいですよね、お泊まり会」

気が動転し、妙な相槌を打ってしまった。夏海の従姉妹ということも想定外だったけれど、この好意的な態度はそれ以上に想定外だ。しかも、房総グランオテルに泊まりに来るなんて。いったいどうしたらいいんだ。宿には、僕がただの素人ということを知っている菅沼さんがいるのに。

駅前ロータリーで、クラクションが短く鳴った。夏海が首を伸ばし、出入り口の外を窺う。

「お父さんだ」

そうか、車が駅に向かうと女将さんが話していたけれど、この二人を迎えに来るためだったのか。

「あ、伯父さーん」

ハルカが運転席に向かって小さく手を振る。仕草が天使のようにかわいらしい。傍らの夏海が、とくにかわいらしくもない仕草でワゴンを指さした。

「田中さん、乗ってきます？」

「え？　いや……」断りかけてから、思い直す。ハルカが房総グランオテルに行くと言うのだから、駅に留まる理由もない。「ええと、お願いします」

「じゃあ、自転車取って来るんで、ハルカと先に車に行ってて」

待ってくれ。二人きりにさせる気か。

いや、何を怯えているんだ。元々そのつもりだったじゃないか。

「あ、ああ、うん」

返事をしたときには、夏海はもう駐輪場に向かっていた。横目でハルカの様子を窺う。

何から話そう。このタイミングでいきなりあの写真を見せるのは、ずいぶん不自然な気がする。

「行かないんですかぁ？」

まごついていると、ハルカに促されてしまった。

「あ、行きます行きます」

あわててカメラバッグを手に取る。こんな情けないプロカメラマンがいるだろうか。

「そんな大きなバッグ、片手で持ち上げられるなんてすごーい。カメラマンさんて、力持ちなんですねぇ」

長いまつ毛を上下させ、ハルカがまばたきを繰り返す。

まずい。カメラバッグの外見と軽さのギャップを忘れていた。もっと重そうなふりをしなければ。

いや、逆かもしれない。これはいい機会だ。本当のことを話すなら今しかない。ここで白状すれば楽になれる。

「……まあ、いちおう、鍛えてますから、背筋とか」

白状するどころか、菅沼さんから聞きかじったフォトグラファーの話を盗用してしまった。

「えー、すごーい」

キラキラと輝く目が、嘘つきの僕には眩しすぎる。

宿のワゴンが待つロータリーに出ると、主人が運転席から降りてきた。

「どうも、田中さん。先ほどはお騒がせしました」

「いえ、僕はなんの役にも立ててませんし」

「伯父さん、こんにちはぁ」

姪（めい）に挨拶された主人は一瞬息を呑むと、それからいつもの調子に戻って「やあ、いらっしゃい」と応えた。彼女の美しさには、伯父でさえもはっとしてしまうことがあるのだろう。わかる気がする。

軽快なベルの音が、横手から聞こえてきた。

「ただいまー」自転車を押し、夏海がこちらに向かってくる。「車、田中さんも乗るって
ー」

「ああ、夏海」ワゴンに乗り込んだと同時に、後部ハッチの外からお父さんに声を掛けら

れた。「シート、ざっと拭いたけどまだ濡れてるかもしれないから気をつけてな」

なんだ？　後ろの荷台なら、トロ箱からこぼれた氷水で濡れてることがたまにあるけど。

とりあえず、二列目シートを手のひらでまんべんなく撫でてみる。

顔を上げて、ハッチの外のお父さんに首を振ってみせる。

「濡れてないけど？」

「なっちー、床」

ハルカが指さした部分を見ると、薄茶色のマットにはたしかにおねしょのような染みが広がっていた。

「なんじゃこりゃ」

「まあ、詳しいことは運転しながら話す」

お父さんはそう言って、外からハッチを閉めた。横倒しで積み込まれた自転車のベルが、振動を受けて小さく「リーン」と鳴る。

助手席の田中さんが、体をひねってこっちを振り向いた。

「そこ、佐藤さんが乗ってたんじゃないかな。海に落ちたっていう話だから」

「なにそれ。大丈夫なの？」

「大丈夫、らしい。いや、僕も女将さんから断片的に聞いただけだから、詳しいことはわかんないんだけど。どうも、軽く溺れたみたいで」

「やー、こわーい」

ハルカが、私のとなりでかわいらしく怯えてみせた。プロカメラマンを前にしてピュアなヒロインを演じてるみたいだけど、この演技力で女優は厳しくないか？

従姉妹の将来性も心配だけど、佐藤さんの現状はもっと心配だ。運転席に乗り込んだお父さんに、さっそく尋ねてみる。

「佐藤さん、海で溺れたんだって？」

「ああ。まあ、心配しなくていいよ。いくらか水を飲んだみたいだけど受け答えもしっかりしてるし、もうすっかり落ち着いてるから。今ごろは風呂の中だろ」

お父さんは簡単に答えると、前に向き直って車を発進させた。ロータリーをぐるっと回り、駅前通りに出る。

ハルカが、私の肘をつついてきた。

「あの、佐藤さんて、誰？」

「お客さん。ほら、昼に話した陰気なお姉さん」

「夏海」

運転席から叱声が飛んできた。

「はいすいません。『陰気な』は取り消します。で、なんで落ちたの？　まさか、自殺だったんじゃ……？」

「やーん。こわーい！」

だからハルカ、その猿芝居どうにかならない？　さっきからお父さんもたじろいでるし。

「あー、いや、夏海が想像してるようなことじゃない。じつはお父さんも同じこと考えてたんだけど、正直にそう話したら本人に大笑いされた」

「あの人笑うんだ！」

まったく想像がつかない。

東へと車を走らせながら、お父さんが説明する。

「いや、仕事でいろいろ行き詰まっていたのはたしかみたいなんだけど、それはどうも、こっちにいる間にうまい具合に解決したらしい。で、西の防波堤に座って休んでいたら、あんまりのどかでついウトウトしたんだってさ」

「ほんとかなあ」

まだ信じられない。

「まあ、状況から見ても、自殺しようという人が海面までせいぜい二メートルの防波堤から飛び降りるとも思えないしな」

「それはたしかに、そうだね」

決行するなら展望台だけど、今朝は歩いて帰ってきたしなあ。なんだか興味深い人だ。考えている間に車は右に左にと角を折れて、あっという間に我が家の玄関前に着いた。さすがに速い。

「夏海」

お父さんが、運転席から私の名前を呼んだ。

「うん？」

「根掘り葉掘り聞き出そうとしたりするなよ？」

わかってらっしゃる。

「はいよー」

そう答えて車から降りると、ひと足先に後部に回り込んだ田中さんが自転車を下ろしてくれていた。

「田中さんすごーい。やさしー」

ハルカ君、いいかげんにしたまえよ。

「あ、いや、カメラバッグ下ろすついでだから」

早口でそう答えた田中さんは、まるで漬物石でも持ち上げるように力み返りながらカメラバッグを持ち上げた。そんなに重いのか。まあ、商売道具がたくさん入れてあるんだから重いか。ちょっと見てみたい。

「あのー、田中さん」

「はい？」

「そのバッグの中って、見せてもらったりは――」

「いや！　ちょっと、それはごめん。できない」

突っぱねられてしまった。

「ああ、いやいや、どうしてもってわけじゃないから。なんか、ごめんなさい」

ここは素直に引き下がろう。根掘り葉掘り聞き出そうとするなって、お父さんにたしなめられたばかりだし。

田中さんはひどく申し訳なさそうな顔になって、私に頭を下げた。

「こっちこそ、ごめん」

いや、そんなシリアスに謝られてもな。

クラクションが短く鳴らされた。急いでハッチを閉めて離れると、お父さんのワゴンはすかさず駐車場の方に走っていった。そうだ。もうすぐ食堂の開店時刻じゃないか。でもまだA型看板も出てないし、看板のライトも点いてない。佐藤さんの件で相当バタバタしたんだな。

「ハルカ、幟旗出すの手伝って」

「はーい」

すこやかな返事。「めんどくさーい」とゴネなかったのは、ここが親戚の家だからか。それともカメラマンの前だからか。まあ、両方か。

周りを見て雰囲気を察した田中さんが、大きなカメラバッグのストラップを担ぎ直した。

「じゃあ僕は、いったん部屋に戻ってます」

「はーい」

ハルカがもう一度、すこやかな返事を発した。

カメラマンを見送るのもそこそこに、開店準備に取り掛かる。

ハルカが泊まりに来るときの手伝いなんて、言ってみれば親族を客室で寝泊まりさせるための口実みたいなもので、これまではうちの両親も「姪に手伝わせてあげている」くらいの感じだった。でも、今日はけっこう戦力になっていたと思う。最低限の料理の仕込み以外はほとんどなんの準備もできていない状態から始めて、五時ちょっと過ぎには食堂を開けられたんだからたいしたもんだ。

でも、こういう日にかぎってお客さんの出足が遅いんだから、客商売は奥深い。

レジ準備を済ませてやっとエプロンを着けたお母さんが、テーブル拭きを終えたばかりの姪と娘に目を留めた。

「あんたたち、今のうちに着替えてきちゃったら？」

そういえば、二人とも制服のままだ。

「じゃあ、行こうかハルカ」

「そうだね。コンタクト外したい」

目をパチパチするハルカに、お母さんが声を掛けた。

「ハルちゃんの着替え、2号室に置いといたよ」

「わ、キミおばちゃんありがとう」

「私の服は？」

ためしに聞いてみたら、短い答えが返ってきた。

「あんたは自分で用意して」

「うわ。従姉妹の間で差をつけてきたよ。ひどいやキミおばちゃん」

「誰がキミおばちゃんよ。どうせ夏海、お母さんが選ぶと『この組み合わせはやだ』とか言いだすんでしょ？」

まあね。

住居の鍵を出そうと通学バッグのポケットを探っていると、玄関の方からサンダルの音が聞こえてきた。田中さんか菅沼さんが食事に来たのかと思って顔を上げたら、出入り口には浴衣に茶羽織姿の佐藤さんが立っていた。元気そうだ。

「あらあら佐藤さん。あらあらあら」

お母さんが、ゴールしたマラソンランナーを抱きとめる運営スタッフのようにすみやかに近づいていった。

あの人？　と目配せで尋ねてきたハルカに、ウインクで応える。

「あの、お風呂ありがとうございました。濡れた服ですけど、言われたとおり脱衣カゴに置きっぱなしにしてきちゃったんで……」

おお、遠慮がちだけど朝よりも声に張りがある。

「はいはい。じゃあちょっと洗濯してきちゃいますね。ズボンは乾燥機に掛けて大丈夫なんですよね？」

「はい。いろいろすみません」

「いいのいいの。どこか適当な席で休んでてください」お母さんがこっちを振り向く。

「あんたたち、佐藤さんにお水かお茶出して」

　佐藤さんが手を振る。

「いえっ、そこの自販機でミネラルウォーターでも買いますので」

「いいのいいの。夏海、お水だって」

　予定変更。ハルカにはもうちょっとコンタクトを着けといてもらおう。

　佐藤さんの背中を押して食堂に通してしまうと、お母さんはさっさと脱衣所に向かった。

「どうぞ、お好きな席へ」

　厨房の中から声を掛けたお父さんに頭を下げると、佐藤さんは朝と同じ窓際の席に着いた。宿泊のお客さんて、二泊もするとそれぞれなんとなくの縄張りを作るんだよな。

　お父さんが手早く準備した氷水を私がお盆に載せ、テーブルまで運ぶ。

「はい、お待たせしました」

　声を掛けると、佐藤さんはハルカに釘づけになっていた視線を強引に私に戻した。そりゃそうだよな。目を奪われるよな。

「ああ、ありがとう」

　グラスを受け取り、おいしそうに氷水を飲む。お風呂上がりだし、海水を飲んだそうだから喉が渇いているのだろう。ピッチャーを持ってくるようにハルカにお願いして、水難事故の生存者に話しかける。

「海、冷たかったでしょ？」

「うん」佐藤さんが苦笑いした。ほんとに笑うんだ。「なんだか、心配かけちゃったみたいでごめんなさい」

「ううん。私は助かったあとで話を聞いただけだから。大丈夫だと思うけど、具合が悪くなったらすぐ言ってくださいね」

「ありがとう。とりあえず元気みたい」

　この人の口から「元気」なんて言葉が出るなんて。何があったかまでは聞かないけど、吹っ切れた様子で安心した。よかったよかった。

　よそよそしさの消えた佐藤さんの目が、ハルカをチラチラと捉えている。そりゃそうだよな。気になるよな。

　紹介するにやぶさかでないんだけど、あの媚びまくりのピュアピュアボイスで挨拶されたらどうフォローしよう。でも、いないことにはできないし。

「ああそうだ。従姉妹が来てるんだ。おーい、ハルカ」手招きすると、ピュア・ヒロインはピッチャーを手にこっちにやってきた。「ほら、きのうお風呂で話した子。従姉妹のハルカです」

　佐藤さんが微笑みかける。

「こんばんは、佐藤です」

「どうも。ハルカです」

　なんとそっけない。

　聞き耳を立てていたお父さんが、厨房の中でズルッと滑ってみせた。

　気を取り直し、田中さんのときとは露骨に対応を変えた従姉妹を紹介する。

「ハルカは今日と明日手伝いをするんで、なんかあったら言ってあげてください」

「そうなんだ。よろしくお願いします」

「ま、言われてもなんもできないですけどね。あはは」

　ほんと、田中さんとは差をつけてくる。

「ええとね、私も2号室に泊まるんで、なんかあったらハルカじゃなくて私まで」

「はいはい」ほがらかに答えてから、佐藤さんが声をひそめる。「車の中、濡れてなかった？」

「床のマットだけ。シートはお父さんが拭いたって」

「そうなんだ。あのとき私、まだ気が動転してたから何も考えないでシートに座っちゃったけど、拭くの大変だったかも」

　乾ききっていない前髪の下の眉が、八の字になった。

「いやあ、なんか話聞いたら、早とちりしたうちの両親が勝手に騒いだだけみたいだし」

　チラッと厨房の方を窺う。聞こえたのか聞こえなかったのか、お父さんは下を向いてあくびを一つした。

「あれは、騒がれて当然だよ。うつらうつらしてる間に何度も携帯に電話掛けてもらったみたいなんだけど、こっちは電源切ってたんだから。だから、いかにも消息を絶った感じになってたみたいで」

「ああ。それは私でもあわてるかも」

「でしょ？」笑って水を飲んだ佐藤さんが、急にグラスを置いた。「……そうだ、携帯！」

　ポケットがあるはずもない浴衣の腿や腰に、何度も手を当てる。

「脱衣所じゃないですか？」

　お風呂上がりの火照（ほて）った顔が、きのうまでのように青ざめていく。

「ううん。バッグに入れたままのはず。ていうことはつまり、バッグごと行方不明だ。どうしよう。どこに置いたんだっけ」

「バッグって、これのことかな？」

呑気で大きな声が、入り口の方から聞こえた。振り向いたとたんに目に飛び込む赤いパンツと長い髪。菅沼さんだ。コーデュロイのジャケットと、水色のショルダーバッグを持っている。

「それですそれ！」

佐藤さんが椅子から立ち上がった。

「ああ、よかった。重さからすると中身は抜き取られてないみたいだけど、念のため確認してみてください」

バッグを受け取ると、佐藤さんは「すいません、すいません」と繰り返し頭を下げながら蓋を開けた。立ったまま中身を次々とテーブルに置く。財布、携帯電話、手帳、１号室の鍵、その他諸々(もろもろ)。

「大丈夫です。現金もカードもそのまま残ってます」

「そうですか。やあ、これでひと安心だ」

菅沼さんとはちょっとした因縁のある佐藤さんが、丁寧に頭を下げた。

「ありがとうございます。あの、どこにあったんですか？」

「ええ、自転車ごと、防波堤の近くの護岸の所に」

「いけねっ」バッグの持ち主より先に、お父さんが反応した。「そうだそうだ、自転車積まなくちゃってあのとき思ってたのに、バタバタしててすっかり忘れちゃったんだ。菅沼さん、わざわざ取りに戻ってくださったんですか」

「ええ。まあ僕も、自転車のことは完全に失念してましたけどね。駐車場に車を停めて、ここまで歩いてくる途中で『あ』って思い出したくらいで。なにしろあのときの佐藤さん、初めて陸に進出した太古の生物みたいでインパクト絶大だったもんで。だははは」

菅沼さんの大きな笑い声の陰で、佐藤さんは照れ笑いを浮かべつつもごく小さな舌打ちをした。やっぱりこの人、ちょっとこわい。

お客さんに合わせて微笑したあとで、お父さんが首をひねる。

「菅沼さんの車、自転車積めました？」

「いえ、ミニにママチャリを載せるのはちょっとむずかしそうなんで、ブラブラ歩いて。自転車に鍵が掛かってなかったんで、帰りはあっという間でした」

「すみません、お客さんにお手間をとらせてしまって」

「いえいえ。海がオレンジ色に染まって景色は最高だし、楽しい夕涼みでしたよ」

「あの、菅沼さん」佐藤さんが、あらたまった様子で頭を下げた。「本当に、ありがとうございました。助かりました。溺れたときも、背中をさすっていただいたりして」

あら、いいとこあるじゃない。

「そんなそんな。ゆうべご迷惑をかけちゃったし、気にしないでください」

二人のやりとりを黙って見ていたハルカが、小さな声でそっと尋ねてきた。

「『ご迷惑』って、昼に言ってた歌のこと?」

「うん」

出力も入力も過剰な人というのはいるもんで、菅沼さんは囁(ささや)き声を聞き逃さなかった。

「ええと、じつはさっきから気になってしょうがないんだけど、その子は誰子ちゃん?」

誰子ちゃん、と来たか。

「ああ、紹介が遅れました、私の従姉妹のハルカです」

私の目配せに、ハルカも会釈する。

「ハルカです」

だけ?

「ええと、うん」従姉妹に話を続ける意志がないようなので、とっとと引き取る。「今日はね、私と一緒に2号室に泊まるんです。あと、食堂の手伝いなんかもするんでぇ、よろしくお願いしますぅ」

くっそう。ハルカがぶっきらぼうなせいで、こっちがあんたみたいに媚びちゃったじゃないか。あー、恥ずかしい。

　私の従姉妹を見つめ、菅沼さんがしきりに頷く。

「そうか、従姉妹なのかー。うーん、意外」

　意外ですいませんね。

　それにしても、視線に遠慮がないなこの中年男。ハルカがめずらしくどぎまぎしてる。

「菅沼さん、あんまりジロジロ見てるとロリコンって疑われますよ」

　やっと、ハルカから視線を外す。

「やあ、勘弁してよ。そんなつもりじゃないんだけどな」

「どんなつもりなんだか」

　首をかしげていると、ハルカが私の袖をつまんだ。

「なっちー、着替え」

　ああそうだ、着替えに行くところだったんだ。コンタクトも外させてあげないと。

　私は通学バッグの中から住居の鍵を取り出すと、従姉妹に手渡した。

「これで事務室開けて、2号室の鍵取ってって。私は自分の部屋で着替えるから」

「うぃー」

　鍵をチャラチャラと鳴らして出入り口に向かう背中に、老婆心（ろうばしん）ながら念を押す。

「ちゃんと、事務室の鍵も掛けるんだよ。一般家庭なら玄関の鍵みたいなもんなんだから」

「うぃー」

こっちを振り向きもしない。年頃の娘を持つ母の気持ちがわかってしまいそう。

ハルカが玄関ホールに消えるのを見届けると、佐藤さんが声をひそめた。

「すさまじいほどの美少女だね」

「でしょ？　低めに見積もっても千葉県代表レベルでしょ？　あの子は我が一族にもたらされた奇跡ですよ。張り合う気すら起こらない」

菅沼さんが首をかしげた。

「あそう？　夏海ちゃんのほうがかわいいけどな」

おいやめろ。お世辞ってわかってても顔が赤くなっちゃうだろ。

「うん、そういうフォローはいらない」

「率直な感想なのに」

「パパー。このおじさんが私のことナンパするー」

指をさして厨房に呼びかけてやったら、さすがの赤パンもあわてた顔を見せた。

「いやいや、娘さんにちょっかい出したりなんかしてないですからね」

「すいません、お客さんをお客さんとも思わぬ娘で」

お父さんのぼやきに、佐藤さんが声を立てて笑った。

「なんだこの空間」

ほんとにねえ。

「まあとにかく」ロリコンの嫌疑をかけられた赤パンが、話を軌道修正する。「佐藤さんもバッグも無事だったことだし、一件落着だね、うん。あとはおいしいもの食べて、風呂に入って、まあ、九時ぐらいまで部屋でちょっとだけ歌わせてもらって、それでおしまい。楽しい思い出ができました」

窓から射し込む夕日を浴びて笑う菅沼さんに、佐藤さんがもう一度頭を下げた。

「ご迷惑をおかけしました。本当に助かりました。バッグと自転車のことも。私、忘れ物をしていたことすら忘れてました」

「まあ、あの騒ぎでしたからね。忘れ物ぐらいしますって。だはっ……」

あのでっかい笑い声を、菅沼さんは途中で止めた。やっと、自分の騒々しさを自覚してくれたか。

俺は馬鹿だ。とんでもない大馬鹿だ。

2号室の金庫に、拳銃を忘れてきてしまった。

酒で失敗したことは数えきれないほどあるが、これはその中でも最大のものだ。たかがビールと侮(あなど)ったのがまちがいだった。

騒ぎになっていないところを見ると、主人も女将もまだ拳銃を見つけてはいないのだろう。今すぐ取りに行きたいが、部屋の鍵はハルカという少女の手の中にある。

「夏海ちゃん」

笑顔を作って呼びかけると、利発な娘は「うん?」と顔を上げた。

「ハルカちゃんと泊まるの、5号室だっけ?」

「2号室ですよ。さっき言ったでしょ? ゆうべ菅沼さんが泊まった部屋」

やはり、聞きまちがいではなかった。面倒なことになってしまった。

「ああ、そうだった、そうだった。僕は広い6号室を独占してたんだった」

「なにそれ。嫌味?」

こうして笑い話にまぎれさせ、それとなく部屋の交換を持ち掛けられないだろうか。いや、下校前ならともかく、ハルカが部屋に着替えに行ってしまった今となってはもう遅い。佐藤も黙っていないだろう。

部屋の様子が気になる。もしも金庫の鍵が掛かっていることに彼女が気づき、宿の夫婦がマスターキーで開けてしまえば、俺はまちがいなく警察に突き出される。そうなればもう自殺どころではない。

予定を変更して、６号室に戻って今すぐ決行しようか。

無理だ。ナイフやロープといった、自殺の手段になりそうな道具は用意していない。睡眠導入剤の持ち合わせも、致死量にはほど遠い。

では、正攻法で主人に「２号室に忘れ物をしたから取りに戻りたい」と申し出るか。いや、それも無理だ。空室の状態なら一人で出入りさせてもらえたかもしれないが、部屋にはハルカがいる。主人か女将の立ち会いのもとでなければ入室は認められないだろう。

どうすればいい。

いや、手をこまねいている場合か。いま動かなければ、あの拳銃は二度と取り返せなくなる。警察官や看守の二十四時間態勢の監視の中で、自殺の機会は何年も先延ばしにされてしまうだろう。俺にはとても耐えられそうにない。

「さてさて」陽気な声を発し、伸びをしてみせる。「バッグも無事持ち主の手に戻ったことだし、僕も着替えてくるかな。豪華な6号室で」

夏海が下唇を突き出す。

「鼻持ちならないおじさんだ」

「だははははは」半分は作り笑いだが、もう半分はそうではない。こんなときでも、この子は話していて楽しい。「じゃあ、またあとで」

散歩のようにのんびりとした歩調を、玄関でスリッパに履き替えたとたんに速める。幸運を祈るしかない。ハルカが部屋に入る前にトイレや洗面所に寄ることは充分に考えられる。部屋の掃除の際に、夫妻が2号室の鍵を掛け忘れたかもしれない。金庫のチェックが漏れているくらいだから、ぜったいにないとは言い切れないだろう。いずれも可能性は低いが、とにかく部屋の前までは行ってみよう。行けば何か方策が見つかるかもしれない。

回り階段をほとんど駆け足で上り、二階に出る。人影はない。いや、水音が聞こえる。洗面所の方からだ。ハルカか？　足音をしのばせ、そっと首を伸ばして廊下から洗面所を窺ってみる。

いつの間にか宿に戻っていた田中が、照明の下の洗面台でしきりに顔を洗っていた。体に残った酒を追い出そうということか。写真の女子高生が夏海の従姉妹という事実には驚かされたが、この青年が受けた驚きは俺以上だっただろう。

しかし、このストーカーまがいの若者のことなどかまっていられない。ハルカはどこだ。部屋か、トイレか。それとも、どこか別の所にいるのか。

2号室の前に立つ。ノブを見ただけでは、施錠されているか否かは判断のしようがない。鍵が掛かっていればアウト。掛かっていなければ、たとえ一発でも曲を当てた自分の運を信じて中に入ってしまおう。ハルカと鉢合わせになったら「部屋をまちがえた」とでも謝って、笑って出てくればいい。時間がない。田中が顔を洗っている間に済ませてしまおう。

洗面所を振り返ってから、ドアノブに手を伸ばす。人さし指の先が金属に触れた瞬間、内側からシリンダーの回る音が聞こえた。咄嗟に飛び退いたが、隠れる余裕まではない。扉が引き開けられる。

眼鏡(めがね)のケースを手にしたハルカが、俺に目を留めるとドアノブを握ったままあからさまに怪訝(けげん)そうな顔をした。

「なんですか?」

「……あれっ? あ、そうか。僕は6号室に移ったんだっけ」用意しておいた言葉を、極力呑気な顔を作って発する。「いやー、つい、元いた部屋に戻ろうとしちゃった。たった一泊しただけでも癖ってつくもんだね」

ハルカは真意を測るように俺の顔を見上げると、猫のような身のこなしでドアの隙間から廊下に出た。用心深く施錠し、俺の前をすり抜けて洗面所に向かう。すぐに、媚びた声が聞こえてきた。

「あ、田中さーん」

俺や佐藤を前にしたときとは別人のようだ。

「あ、ああ、こんばんは」

2号室の前にいても疑われるばかりなので、笑顔をつくろって洗面所の前を通りかかったふりをする。小さな顔に黒縁(くろぶち)眼鏡を掛けたハルカが、タオルを手にした田中に向かって青くさいしなを作っていた。

「ほらほらこの眼鏡、かわいくないですか?」

「ああ、うん。かわいい、と思う」

「やったぁ」

見ていられない。

「おー、眼鏡も似合うねえ」

どんな反応が返ってくるかとためしに声を掛けてみると、振り向いたハルカは先ほどとは打って変わって天使のような笑顔を見せた。

「似合いますか？　ありがとうございますぅ」

わかりやすい子だ。

ハルカは眼鏡を取って手を洗い、手際よくコンタクトレンズを外すと、「じゃあ、またあとで」と田中に手を振りながら2号室に戻って行った。内側から鍵を掛ける音が、俺の耳にはひどく大きく聞こえる。

施錠された2号室のドアを、親指でさす。

「写真のあの子、だよね？」

田中が、錆（さ）びたロボットのようにぎこちなく頷いた。

「ええ、はい」

「彼女が夏海ちゃんの従姉妹ってことは、田中君知ってたの？」

「いえ、まったく」

「そうか。まあ、似てないしね」笑いかけてみると、相手は曖昧に微笑んだ。「それで、コンテストに応募していいって？」

「いえ、まだ何も聞けてなくて」

これは、使えるかもしれない。

「ちょっと、部屋に寄らせてもらってもいいかな」

「えっ？」

「ほら、廊下で立ち話してると、人に聞かれちゃうかもしれないからさ」

もう一度2号室のドアをさすと、田中は渋々頷いた。

相手を押し込むようにして3号室に入り、スリッパを脱ぐ。2号室とは造りが対(つい)になっているようで、こちらは押入れが手前で床の間が奥という配置になっていた。几帳面(きちょうめん)な性格のようで、昼寝に使ったらしい布団は三つ折にして壁に寄せられている。

押入れの向こうの2号室を指差し、俺は内気で生真面目(きまじめ)な嘘つきに話しかけた。

「彼女、ずいぶん親しげだね」

「はい。まったく予想外で」

驚きと喜びと後ろめたさが入り混じった、この青年にしては味のある表情になった。拾った宝くじが当選したら、人はこんな顔をするのかもしれない。腹立たしいほど世間知らずな青年だが、他人の下心に鈍感な点は少々うらやましくもある。

ハルカはおそらく、芸能界への憧れを強く持っているのだろう。売れるかどうかはともかく、あの外見であればけっして分不相応な夢ではない。そこへ東京から「カメラマン」

がやってきたのだから、片田舎で暮らす彼女は大きなチャンスと捉えたはずだ。

あの姿には、懐かしさを覚えないでもない。猿知恵を働かせ、コネを作ろうと「業界人」に媚を売る様子は、ほんの一瞬ながら羽振りのいい業界人だった俺には見覚えのあるものだ。

ふと、テーブルに目が留まった。大きく引き伸ばされた写真が置いてある。中華料理屋で話していた「六つ切りサイズのプリント」だろう。携帯電話の画面で見せられたあの写真が、Ａ４サイズのクリアファイルからはみ出さんばかりにまで引き伸ばされている。

「何度見てもいい写真だねえ」腰を屈めてクリアファイルを手に取る。「ハルカちゃん、いい顔してるなあ。本物もあのとおりの美人さんだけど、この一枚はとくにいい瞬間が撮れてると思うよ」

「……どうも」

まるで、ハルカを人質にでも取られたような顔をしている。事情を知る人間がどう出てくるか、頭の中でシミュレートしているのだろう。こちらもだ。この条件をどう活かせば拳銃を取り戻せるか、興味もない電車の写真を眺めながら考え続けている。

クリアファイルを手にしたまま、２号室の方向を顎で示す。

「彼女は、君のことをプロのカメラマンだと思い込んでいるんだよね？」

「はい。自分から名乗ったわけじゃないんですけど、ここの娘さんがそう紹介しちゃって」

言い訳がましい。中華料理屋で「こんな近づき方、女の子から見たら気持ち悪いですよね」と自嘲していたが、この青年は何もわかっていない。まるで夏海のせいにするようなものの言い方は、女の子への不器用なアプローチよりよほど気持ちが悪い。

「ただ、言ってしまえば自分で蒔いた種だよね」

チクリとひと刺ししてやると、相手は足元の畳に視線を落とした。

「まあ、……はい」

銃を取り戻す方法が、いま決まった。目的のためには、この青年を巻き込むしかない。

「もしも君がプロカメラマンでもなんでもないただの電車オタクだと知ったら、ハルカちゃん、がっかりするかもね」

田中が、顔を上げるなり俺を睨みつけた。

「脅迫するんですか？」

いい顔するじゃないか。

「いやいや、そんなわけないじゃない。負けは覚悟の上でコンテストに応募しようという君の意気込みは大いに買ってるし、名前だけでも雑誌に掲載されたらって本気で願ってるよ。ただそのためには、言葉は悪いけど、ハルカちゃんには誤解したままでいてもらわないと困るよね」

時間をかけて言葉を咀嚼してから、田中は不承不承ながら状況を認めた。

「自分で蒔いた種ですから」

「うん。そこでだけど、ひとつ協定を結びませんか」

「協定？」

「そう。協定というか、手っ取り早く言えば交換条件だね」相手に考える時間を与えず、内容を提示する。「まず、僕はハルカちゃんや夏海ちゃんに君の正体を話さない。中華料理屋で聞いた話は、自分の胸だけに留めて墓場まで持って行く」

どうせすぐそこだ。

相手が、喉の奥で呻いた。

「それはつまり、僕が協定を守れなかったらバラす、ということですか？」

「人聞きの悪い言い方だけど、そうだね。バラす」

田中が眉間に皺を寄せる。どうしてこんなおじさんに大事なことを話しちゃったんだろう、とでも心の中で嘆いているのだろう。俺もだよ。どうしてあんな物騒な物を置き忘れてきてしまったんだろう。

「それで、こっちは何をすればいいんですか?」

にっこりと笑ってみせる。

「2号室に遊びに行きたい」

「はい?」

俺を睨んでいたのが、呆(ほう)けたような目になった。

「だから、ハルカちゃんと夏海ちゃんの部屋に遊びに行きたいんだ。といっても今じゃないよ? ハルカちゃんが着替えてるからね。ついては、一緒に行く田中君に段取りをつけてもらいたい」

「僕が?」自分の顔を指さしてから、相手は質問を付け加えた。「僕も?」

「うん。君があの子たちと交渉して段取りをつけて、僕と一緒に君も遊びに行く。あの子たちのいる2号室へ」

夏海はともかく、カメラマンの申し出をハルカはけっして断らないだろう。部屋に入ってしまえば、金庫の鍵を開けるチャンスはきっと訪れるはずだ。

「女の子の部屋に、上がり込むんですか?」

「そう。べつに、いかがわしい真似をしようってわけじゃないよ」

「当たり前じゃないですか。どうして行きたいんですか」

「親睦を深めたくて」

俺が当然のことのように答えると、相手はまばたきを繰り返した。

「だったら、菅沼さんの６号室に二人を招待するのは？　あっちのほうが部屋も広いですし」

「それは無理だね。客が従業員を部屋に連れ込む形になると、何かと体裁が悪いでしょ。あの子が『従業員』であるかどうかはともかく」

「でも――」

「頼むよ」両手を合わせる。「こんなこと言いたくないけど、駅まで車で送ってあげたじゃない」

「………………」

恩着せがましい言葉を真に受けたようで、相手は黙りこくった。気の毒になるほどのお人よしぶりだが、背に腹は代えられない。

「よし、決まりだね。二人ともこのあと食堂で手伝いをするらしいから、食事がてら口説いてきて。僕はひとっ風呂浴びてくる。部屋に上がり込む口実はなんでもいいよ」

「僕が一人で交渉するんですか？」

「それはそうだよ。交渉の場におじさんがいたら相手も警戒するでしょ？　こういうことは若者同士のほうが話がまとまるもんだよ」

「断られたら?」

わかっている。バラす、と釘を刺しておくべきだ。しかし、困惑しきった青年をこれ以上追い詰める気にはなれなかった。

「まあ、善後策を考えるさ」

こういう甘さが、俺が一発屋で終わった一因なのかもしれない。今さら悔やみはしないが。


人が作ってくれる夕食を、それも午後六時台に食べられる。なんと贅沢なことか。

平日の夕飯はたいていもっと遅いし、休日ならこのくらいの時間に食べることはあっても、冷凍食品を電子レンジに放り込むというひと手間がある。しかも、食べ終えたら片付けをしなければならない。

だが、今夜はちがう。食堂の椅子に座って箸を動かしていれば、作りたての料理が載った皿がよきところで運ばれてくる。それも、この月ヶ浦産の新鮮な枝豆や、官能的なほどに舌に吸い付くお造りや、房総のブランド豚といんげんを使った、香ばしさの奥に甘みのあるＸＯ醤炒めなどがだ。なんと贅沢なことか。その上さらに、とびきりの美少女が給仕してくれるのだから言うことはない。いや、もう少し笑顔を見せてくれてもいいのよ、とは言いたい。慣れない仕事にいくらか緊張しているのかもしれないけれど、整った外見をしている分だけ冷たく見えてしまうのが惜しい。

夏海から何事か耳打ちされた美少女が、斜め上を睨みながらこちらにやってきた。まっすぐ前を見たら眼鏡がずり落ちてしまうのか、それとも、言い含められたことが頭からこぼれ落ちてしまうのを用心しているのか。どうも、後者のように見える。

「次、なめろうですけど、ごはんと、えーと、味噌汁も、一緒に出しますか？」

よく言えました。

「そうですね、お願いします。あ、ごはんはちょっと少なめで」

「ちょっと少なめ」

コクンと頷き、トコトコとカウンターのそばに戻る。

「ごはんちょっと少なめだってー」

従姉妹と伯父に向けて放ったあっけらかんとした声が、ここまで聞こえた。苦笑しそうになるのをどうにかこらえていると、今度は夏海が歩み寄ってきた。

「佐藤さん、胸が苦しいとか頭がふらつくとかないですか？」

「え？　どうして？」

「いやほら、溺れたから体調悪いのかなって思って」

「ああ、関係ない関係ない。お昼が遅めだったし、調子に乗ってフルーツパフェまで食べちゃったから」

「なーるほど」

悪事の共犯者のようにニッと笑い、カウンターに戻って行く。鑑賞するならハルカだけど、友達になるなら断然夏海だ。ゆうべの私がもう少しまともな精神状態だったら、今ごろはもっと仲よくなれていたのだろう。初対面の一家からあらぬ誤解を受けるほど追い詰められていたことが、つくづくくやしい。

熱いお茶に唇をつけながら、それとなく食堂の中を見回す。私のほかに客は二組五人。ゆうべよりは落ち着いている。

夏海は空いた食器を下げる際の重ね方をハルカにレクチャーし、なめろうを作っているらしい主人は包丁でまな板を一心不乱に叩き、女将は娘と姪の働きに目を光らせつつ、カウンターの隅でノートパソコンに伝票の数字を打ち込んでいる。

風呂の中であれこれと話しかけてきたり、漁港の見学に行かないかと誘ってきたり、コーヒーが少しでも減ると注ぎ足そうとしたりと、ずいぶんおせっかいな人たちだと思ったけれど、家族三人の気持ちを考えればそれも当然だった。

「あっ、田中さん。いらっしゃいませぇ」

ハルカが、急に鼻にかかった甘い声を発した。見れば、入り口にあの青年が立っている。ネルシャツの田中だ。

「やあ、どうもどうも」似合わぬ笑顔で片手を挙げ、大股で食堂に入ってくる。「どうも、こんばんは」

溌剌と挨拶され、言葉を返せずに会釈だけで済ませてしまった。今朝石段のあたりで会ったときとはずいぶん様子がちがう。

ゆうべはたしかカウンター席に座っていたはずだけど、今夜青年が選んだのは私のとなりのテーブルだった。メニューをめくり、「どれにしようかなあ」などと独りごつ。まるで菅沼だ。そういえばあの中年男はどこにいるのだろう。「僕も着替えてくるかな」と部屋に戻ったきり姿を見せない。うるさいので、戻ってきてほしいわけでもないが。

「はい、お冷でぇす」

身をくねらせながら青年のそばに歩み寄ったハルカが、氷水の入ったグラスをテーブルにうやうやしく置いた。この子はこの子でいったいどうした。

「あ、ありがとう」

菅沼風の物腰が崩れ、田中が幼い地金を晒した。男子なら動揺するのも当然か。

「注文決まったら呼んでくださいねっ」

語尾に句点の代わりにハートマークが付きそうな物言いで田中に告げ、ハルカはしずしずと下がった。

箸を手にしたまま、はす向かいの田中を窺う。失礼だけど、やはりどう見ても垢抜けない青年だ。いったい、この若者のどこにハルカは魅力を見出したのだろう。それとも、私がおばさんになっただけのことで、今の若い子にはこういう地味で気の弱そうなタイプが受けるのだろうか。いや、まさか。

思案していると、レジの裏手で電話が鳴った。しかし、今夜はもうグラスを倒したりはしない。職場の物と同じ、ただの電話の音だ。いや、元の職場、ということになるのか。

私が通話を一方的に切ったあと、宮里は怒り狂ったにちがいない。携帯電話にはあの男からの着信が何件も入っているはずだけど、電源は今も切ったままにしてある。けっして愉快な内容でないことはわかりきっているのだから、いつかは留守番電話を聞かなければならないと思うと憂鬱だ。それともメッセージの再生はあと回しにして、同僚に様子を尋ねてみようか。いや、それも気が進まない。部下にしっぺ返しをされた腹いせに怒鳴り散らす宮里に、全員が辟易させられたはずだ。原因を作った私が「どうだった？」などと尋ねられるはずがない。

壁のテレビを眺めながら、今後の処遇をぼんやりと想像する。

上司に楯突いたくらいでは、即刻解雇ということにはなり得ないだろう。そうなればあの無気力な組合もさすがに黙っていないし、そもそも宮里ごときにそこまでの権力はない。ただ、異動は覚悟しておこう。相場どおりなら春、早ければ年明けには、新しい生贄にデスクを明け渡すことになるだろう。

次はどこだろうか。この四年半は編集畑にいたから、別の部門に配属される可能性は小さくない。ただ、数学が苦手なので経理部だけは避けたいところだ。また、人間関係で揉めた人物を、人事部が欲しがるとは思えない。総務部という柄ではないし、デザイン方面はお手上げだ。

となるとやはり、本命は営業部へのUターンか。編集部とはちがい、自社の本や雑誌を「作品」ではなく「商品」として扱わなければならないシビアな部門だ。体力も精神力も要求される職場ではあるけれど、宮里級のモンスターさえいなければ私はかまわない。出張の多い部署というのも、独身の今のうちにたっぷり在籍しておいたほうがあとあと楽だろう。

そうはいっても、出版社の社員なのだから編集の仕事を続けたい気持ちはやはり強い。雑誌でなくてもいい。文芸でもコミックでもいい。以前在籍していた編集部も、いま在籍している『すくすくキッズ』編集部も、私の本来の興味や関心からは外れたミスマッチな職場ではあるけれど、それでも仕事は好きだ。長時間労働も、校了日前の殺人的な忙しさも、見本を手にした瞬間の高揚感が相殺してくれる。こんな仕事はほかにはなかなかないだろう。それだけでなく、メーカーから送られてくるサンプルの玩具で大真面目に遊んだり、お菓子を試食したりするひととき、憧れの著名人のインタビューに立ち会うとき、メールなどで読者から寄せられる感想を読んでいるときなど、業務であることを忘れて楽しんでしまう瞬間も多い。

つまり、仕事にはおおむね不満はない。不満があるのはただ一点。新製品レビュー用のサンプルの到着日などといった細かいことにまで口を挟んでくるせせこましさと、人の顔を見れば暴言を吐く嗜虐性を併せ持つ人物が編集長であることだけだ。

○歳から二歳までの子を持つ比較的若い親をターゲットとした『すくすくキッズ』が、私ばかりでなく宮里にとってもやりにくい雑誌であることは理解している。私とはちがって既婚者ではあるけれど、宮里に子供はいない。少年漫画誌の副編集長としてバリバリ働いてきた人間にとっては不本意な、そして残酷な人事だったのかもしれないし、子育て雑誌ではそれまで培ってきたノウハウが通じない部分も多いのだろう。しかも少子化の影響で実売部数は下がり続けており、月刊から隔月刊へのリニューアルの噂も絶えない不採算部門なのだから、抱えているストレスの大きさは相当なものだろう。

いや、そうだとしても、苛立ちを私たち部下にぶつけて何が解決するというのか。ただでさえ落ち込みがちな士気をトップが自ら叩き潰したところで、みなが不幸になるだけではないか。誰より、そんな編集部で作られる雑誌を読まされる読者が気の毒だ。

まずい。また気持ちが沈んできた。このままではゆうべに逆戻りだ。気分を変えよう。

「はぁーい」

鼻にかかった声がした。ハルカが、手を挙げた田中のそばへと飛んで行く。いい気分転換の材料がいた。職場のことを考えるより、この奇妙な二人を観察するほうがずっと楽しい。

「よし、決まった。かき揚げ丼ください」

「はぁい」伝票にペンを走らせると、ハルカは厨房に向かって「かき揚げ丼いっちょー」とかわいらしい声で注文を告げた。

「……あいよ」

主人が、どこかもの言いたげな表情で応える。姪のこの振る舞いは、伯父にとっても奇妙なものらしい。

メニューを閉じ、田中が臨時のウェイトレスを見上げる。

「ああそうだ、元吉さん」

「ハルカでいいですよぉ」

ネルシャツの肩を小突く。青年の血圧が一気に上昇するのが、私の目には見てとれた。

「じゃあ、ええと、ハルカ、さん」

「はぁい」

うへえ。

「ハルカさんは、ここに泊まりに来るときはいつもこうして手伝いをするんですか？」

「ううん。なっちーの部屋ならタダなんですけどぉ、客室に泊まりたいときだけ、宿泊料の代わりに働いてるんですぅ」

気になるなあ、あの語尾。

「そうなんだ。それで2号室に」

「はい。だから今夜は、田中さんとおとなり同士ですねっ」

あざとい。

「ああ、うん。そうだね、うん」動揺している。「ちなみに、今夜このあとは？」

これは、この青年とは思えぬ踏み込みぶりだ。

「えっとぉ、忙しさにもよるんですけどぉ、八時くらいまでここでお手伝いしてぇ、それからぁ」ああ、体が痒くなる。「なっちーと二人でまかない食べて、あとは自由時間ですぅ」

「ああ、じゃあ、あのー……」

田中が口ごもった。

「はい？」

「ええと、菅沼さんとは挨拶した？　赤いパンツの人」

なぜ今、その名前が出てくるのだろう。意図が見えない。ただ、不自然さは感じる。

「あー。私、あの人嫌いです」

ハルカが、ほどよく太い眉をひそめた。

「えっと、どうして？」

「なんかさっき、2号室の前に立っててぇ」

「ああ、あれは、自分の部屋を勘ちがいしちゃったらしいね。あの人、ゆうべは2号室だったから」

そんなことがあったのか。

「でも、ドア開けて目が合った瞬間、ものすごい恐い顔してたんですよ。怒鳴られるのかと思っちゃったぁ」

「いや、怒鳴るってことはないと思うなあ。いつもヘラヘラ笑ってるし、話してみるとけっこう気さくな人だよ」

「そうなんですかぁ？　まあ、田中さんがそう言うんならそうなのかな」

かわいらしく小首をかしげる従姉妹の背後を通り、夏海がこちらに料理を運んできた。

「はい、鯵のなめろうと、ごはん少なめと味噌汁でーす」

「ああ、ありがとう」

盗み聞きは一時中断だ。

ガラスの鉢に目を落とす。薬味とともに細かく叩き合わされた鯵の身が、鉢に敷かれた青じその上に横たわっていた。あられもない、という言葉が脳裏に浮かぶような姿だ。

「味噌で味がついてるんで、醤油はかけなくてもいけますよ」

「わかりました。おいしそう」

「あとね、そのまま食べてもいいんだけど、半分くらいのなめろうとごはんでまず一杯食べて、残りをだし茶漬けにすると、おなかいっぱいでも二杯目がするするっと入っちゃうんですよ、おそろしいことに」

「それは、危険だね」

「ええ、とても危険です」大真面目に頷く。「無理強いはしないけど、だし汁はすぐ用意できるんで、気が向いたら声掛けてくださいね」

「はーい」

すぐにでも声を掛けてしまいそうだ。

「ねえねえ、なっちー」

田中としきりに言葉を交わしていたハルカが、弾けるような笑顔で夏海を手招きした。

「いったいなんだい」

「あのね、田中さんが、あとで私たちに写真を見せてくれるんだって！」

なめろうのおそろしさを語り合っているうちに、となりのテーブルではそんな話になっていたらしい。

「おおっ」

声を弾ませる夏海に、田中が早口で説明する。

「まあ過剰な期待はしないでもらいたいんだけど、けっこうな自信作があるんで食後にでもと思って」

それは少し、興味がある。

田中が、うわずりすぎて甲高くなった声で続けた。

「それで、あまり遅くならない時間に、カメラ持って部屋まで遊びに行ってもいいかな？　話に出てきたついでに、菅沼さんも誘って」

「はい。ぜひー」

ハルカが即答してしまった。

「ええと、えっ？　2号室に来るってこと？」

夏海が問いただすと、田中はぎこちない笑顔で「うん」と答えた。

これはいよいよあやしい。部屋に菅沼を招く理由がまったく見当たらない。しかも食堂に入ってきてからというもの、どうもこの青年は菅沼のような調子のよさと図々しさを演じ続けているように見えるし、何かにつけ菅沼を持ち上げている。であれば、あの中年男が何か耳打ちしたのか。いったい何を企んでいる。

「じゃあ、何時にする？　余裕見て八時半ぐらい？」

ハルカは乗り気で、疑うそぶりも見せない。

様子を窺うと、夏海が目で助けを求めてきた。応えねば。

「なんだかおもしろそうだし、私も遊びに行っていいかな」

咄嗟に、そんな言葉が口をついて出た。

「あっ、それいいね！　ねっ、佐藤さんもぜひ！」

夏海が素早く話に乗る。

私たちの顔をしばらく見比べていた青年は、二人の勢いに押されたように頷いた。

「じゃあ、八時半に」

「八時半ですね。よろしくお願いします。ぜったい行きますんで」

男どもがおかしな真似をしないように、釘を刺しておく。

さて、鬼が出るか蛇が出るか。それとも何も出ないのか。

算段が狂った。もっときつく田中に言い聞かせておくべきだった。俺はどこまでも甘い。
佐藤がしゃしゃり出てくるとは考えていなかった。田中と高校生たちだけならどうとでもできるが、俺に気を許していないあの女は厄介だ。
考えをまとめきれないまま、二階への階段を上る。夕食が詰め込まれた腹が重い。二度目の最後の晩餐も、佐藤の介入を夏海に聞かされてからはほとんど味がしなくなってしまった。

本人も冗談のつもりだったのだろうが、夏海にロリコンだなんだとからかわれたのはまずかった。あの場にいた佐藤は、きっと俺の目的を誤解しているにちがいない。見当違いもいいところだ。余計な首を突っ込んでくれる。

目下の敵がいる1号室と拳銃のある2号室のドアの前を足早に通り過ぎ、3号室をノックする。

「はい」

すぐに声が返ってきた。

「菅沼です」

名乗ると、さほどの間もなくドアが内側から開かれた。風呂に入ってきたらしく、服装がいなたいネルシャツから浴衣に替わっている。締め慣れていないのか、高すぎる帯の位置が仲居のようだ。

「どうも」

脅迫犯と顔を突き合わせ、ため息まじりに会釈する。

「たびたびで悪いんだけど、ちょっといいかな」

返事を待たずにスリッパを脱ぐ仕草をしてみせると、相手は渋々ながら部屋に上げてくれた。先手を打とうというのか、座布団を勧めることもなく話を切り出してくる。

「風呂から戻ってきて何度か6号室ノックしてみたんですけど、菅沼さんいなくて」

「ああ、食堂にいたからね。声、掛けてくれたんだって？　ありがとう」

不満は押し殺し、まずは下手に出る。目的はこの青年の気分を害することではなく、あくまでも拳銃を回収することだ。これ以上協力者に臍を曲げられてしまえば、取り戻せる物も取り戻せなくなってしまいかねない。

「あと、佐藤さんも来ることになりましたけど、問題ないですよね」

ないわけがない。しかし、相手を責めるのは筋ちがいだろう。「佐藤には声を掛けるな」と念を押しておかなかった俺のミスだ。切羽詰まった状況では、そこまで頭が回らなかった。

「何か、不満でもあるんですか」

俺の顔を窺っていた田中が、こわごわながら挑発めいた言葉を口にした。

「いや、不満なんて何もないよ」

「ほんとですか？」

「本当だよ。佐藤さんもずいぶん打ち解けてくれたなあって感慨に耽っていただけ。ゆうべはろくに挨拶もしてくれなかったのに」

笑いかけてみたが、青年の険しい目つきは変わらない。

「菅沼さん、本当は悪いことをするつもりなんじゃないですか？」

「悪いことって？」

「男が女にするような、悪いことですよ。一人じゃ分が悪いから、僕を共犯にするつもりなんでしょう」

この青年も、佐藤と同じ疑いを抱いているらしい。

「いやいやいや、そんな下心なんてないって」

「僕は共犯なんて死んでも嫌だし、菅沼さんがどうしてもその気ならここのご主人に言いに行きますよ」

「勘弁してよ。だいたいそんな悪人なら、保護者がすぐ下の階で働いている状況だけは避けるでしょ。僕がもしも猥褻犯だったら、部屋に上がり込むよりも外に連れ出すほうを選ぶよ」

急場しのぎの弁明にもそれなりの説得力はあったようで、相手の目から嫌悪感のようなものは消えた。しかし、不信感までは払拭できていないようだ。

「よし。田中君がそこまで疑うんだったら、部屋のドアにフック掛けて開けっぱなしにしておこう。階段の近くの部屋だし、叫べばすぐに親が飛んでくる。それでどう？」

少しの間考えてから、相手は頷いた。

「何かおかしな真似をしそうに見えたら、最悪殴ってでも止めますからね」

やってもらおうじゃないか。

「オーケー。まかりまちがってそんな恰好になったら、甘んじて君のパンチを受けるよ」

確信を持ってそう答えると、相手の表情からとげとげしさがいくぶん薄れた。

「菅沼さん」

「はい？」

「どうして、そこまで2号室にこだわるんですか？　彼女たちと親睦を深めるなら、場所は食堂だっていいじゃないですか」

そのとおりだ。金庫に物騒な代物（しろもの）さえなければ。

「なんというか、懐かしの修学旅行気分を味わいたくて？　だはははは」

笑ってはぐらかす。

2号室にこだわるのはもちろん、拳銃を取り戻すためだ。ただ、それだけではない。このグランオテルで死ぬことそのものに、俺はひどくこだわっている。

死に場所を求めて検索を繰り返し、死ぬなら愛着のある自作のタイトルに通じる名のこの宿で、と決めたのはもう何ヵ月も前のことだ。それ以来、俺はずっと海辺のグランオテルで死ぬイメージを温め続けてきた。名称と実態がかけ離れた安宿であってもかまわない。歌詞に出てくる「古いチェア」がなくても、「朝の海」が見えなくてもかまわない。グランオテルで死ぬという、その行為が遂げられればそれでいい。

いや、「行為」というより、もはや「作品」か。曲が書けなくなった俺にもかろうじてできる創作が、自らの死を演出することだったのだろう。

わかっている。俺は死に取り憑かれているのだ。ただ自殺するだけならば、場所はこの宿でなくてもかまわない。拳銃の回収をあきらめ、国道か線路に駆け出せば目的は達せられる。むしろそのほうが、夏海たちにも迷惑をかけずに済む。しかし、どうしてもほかの手段を考える気にはなれない。グランオテルで頭を撃ち抜くイメージを手放せない。

「あの」

田中の声に呼び戻され、手の中のマカロフが消えた。

「はい?」

「もし、秘密にしていることがあったら言ってくださいよ。こっちだって、嘘をついていたことを正直に話したじゃないですか」

「いやいや、僕はいつでも正直だよ」

軽口にも、相手は表情を崩さない。

「ハルカさんが言ってましたよ、ドアの前で鉢合わせしたとき、すごく恐い顔をしてたって」

見られていたか。

「あの年頃の子だからね。おじさんの顔は恐く見えるもんでしょ」

「僕の目にも、今の菅沼さんの顔は恐く見えますよ。昼に中華ごちそうになったときとは別人みたいで」

「それは、アレじゃないかな、夕方になると目がかすむんですよ、おじさんになると。それでつい目を凝らすから、人相が悪く見えちゃうのかもね」

眉間に皺を寄せ、目を細めてみせる。

「僕が言いたいのはそういうことじゃないんですよ」

「どういうことだっていいよ。大事なのは僕のことより、君とハルカちゃんのことなんじゃないかな」少々強引に話題を変える。「僕の噂話より、ほかに話すことがあったでしょ。夏海ちゃんから聞いたけど、写真を見せる約束をしたんだってね」

「ええ、まあ、それ以外、2号室に上がり込む口実が見つからなくて」

俺をいぶかしむ目つきが、気弱な青年のそれに戻った。

「いやあ、怪我の功名と僕が言うのはおかしいけれど、結果的に大きな前進になったんじゃないかな。あとは本人の許諾を得るだけだし、それも問題ないと思うよ」

「そうですかね」

「そうだよ。それどころかハルカちゃん、どうも田中君のことが好きみたいだね」

「まさか、そんな」

「いやいや、あの態度はまちがいないよ」まちがいなく売り込みが目的だが、この青年には幸せな勘ちがいをしておいてもらおう。「君の倍くらい生きてきた僕にはわかる。おもいきって連れ出しちゃえば？　成功率高いと思うよ？」

「いや、無理ですよ」

このうぶな青年には悪いが、彼の片想いは2号室から人払いをするいい口実になりそうだ。

「無理じゃないよ。僕が頃合いを見てきっかけを作るから、『ちょっと外の空気吸おうか』とかなんとか適当に言って二人だけになっちゃいなよ」

そうなれば、残すは夏海と佐藤だけだ。

「そんな、二人きりになってどうするんですか」

少しは自分で考えろよ。

「連絡先を聞き出すなり、次に会う約束を取りつけるなり、好きにしたらいいじゃない」

「ああ、はい……」

女の子を口説くなど、この青年には荷が重いか。

「二人きりになれればこっちのもんだよ。プロカメラマンとして押し通すもよし、自分がプロじゃないことを正直に話すのもよし」

「えっ」

こんな稚拙な嘘を、つき通せると思っていたのか。

「せっかくここまで来て、せっかく本人に会えたんでしょ？　しかも同じ屋根の下にいる。この事実だけでも、僕は二人の間にただならぬ縁を感じるけどなあ。何も行動を起こさないのはもったいないよ」

「でも、偽者だって打ち明けたら、嫌われないですかね」

嫌われるに決まっているだろう。

「それは、神のみぞ知るってやつだよ」

「……そうですね」

青年が曖昧に頷くと、ノックの音がした。開かれたドアの向こうに立っていたのは、問題の佐藤だった。田中と俺の顔を、不愉快そうに見比べる。

「もうすぐ八時半ですけど、2号室行かないんですか？」

「ああ、行きます」

硬い表情で頷いた田中の浴衣姿に、佐藤が目を留めた。

「帯、男の人ならもっと下で締めたほうが様になりますよ。臍下くらいで」

「ああ、そうなんですか」

素直に従い、帯を押し下げる。

「僕はどうですか？　似合ってる？」

茶羽織の下の帯を叩いてみせると、佐藤は「先に行ってます」と事務的に言い残して2号室に向かった。

いくらか様になった恰好の田中が、横目でこちらを窺う。

「『ずいぶん打ち解けた』なんて言ってたけど、打ち解けてないですよね」

「ああいうあしらいができるほど打ち解けたんだよ。さあ、行こう。待たせちゃ悪いよ」

とにかく、あの女をどうにかしなければ。

田中の背中を押して廊下に出ると、俺は「あ」と立ち止まった。

「どうしました？」

「佐藤さんと親睦を深めるアイテムがあるんだ。ちょっと自分の部屋まで取りに行くから、田中君は先に行ってて」

「はあ」

　相手に探りを入れる暇を与えず、俺はスリッパを鳴らして6号室に向かった。


「ややや、どうもどうも」

　だいぶ遅れて2号室に入ってきた菅沼は、手にウイスキーの瓶をぶら下げていた。「親睦を深めるアイテム」を取ってくるらしいと田中から聞かされていたけれど、どうやらこれは本格的に警戒をしなければならないようだ。大方、邪魔な私を酔い潰すつもりなのだろう。

　琥珀色の液体をチャポンチャポンと揺らし、浴衣姿の中年男は私と田中が譲り合った上座にためらいなく座った。四角い座卓の下座には高校生たち。ハルカはちゃっかりと田中のそばを確保している。

　換気のためにわずかに開かれた窓を背に、菅沼が頭をめぐらせて2号室を見回す。

「やあ、なんだか修学旅行を思い出すなあ」

「菅沼さんの頃は、ウイスキー持参でもオーケーだったんですか？」

私の嫌味に「だはは」と笑うと、菅沼は卓上の瓶を手で示した。

「佐藤さんもどうです？」

「いえ。私は結構です」

「じゃあ、田中君は？」

とんでもない、とばかりに田中が首を振る。

「僕も、遠慮します」

「ありゃ、そうですか」

「そういえば、飲み物がないね」夏海がぽんと手を叩いた。「階下の冷蔵庫から取ってくるけど、何がいいですか？」

「ううん、喉渇いたらあとで自販機で買うよ」

男どもに押しかけられた上に、余計な気を遣わせてしまってはかわいそうだ。

「いやー、そこまで商売っ気出すのも、ちょっと渋い感じになっちゃうじゃないですか。飲み物くらいはごちそうしますよ、ソフトドリンク限定で」

意外に渋い。

「そう？　じゃあ、私は烏龍茶で」

コストの低そうな飲み物を注文すると、田中も小さく手を挙げた。

「あ、僕も」

「あ、僕もー」

菅沼までもが手を挙げ、ウイスキーの瓶を座卓から下ろした。何を企んでいるのか、ますますわからない。

「じゃあ、取ってくるね。ハルカ、手伝って」

「はーい」

夏海の従姉妹が、かわいらしい声で応じる。

「人が多いと暑くなりそうだから」という田中の申し出でふすまとドアが開け放たれた踏込から、高校生たちが廊下へと出る。

話し声が遠ざかってから、私は男どもに視線を向けた。

「で、何を企んでるんですか?」

上座の菅沼が、心外だと言わんばかりに首をかしげる。

「なんのこと?」

「二人はグルなんですよね?」

「ちがいますよ!」向かいの田中が、脳天から声を発した。「食堂でも言ったけど、僕は彼女たちに見てもらいたい写真があるんです」

青年が、座卓に置かれた一眼レフに目を落とす。展望台からの帰りに会ったときに見かけた物と同じ、コンパクトなエントリーモデルだ。

「そのカメラに、食堂で言ってた自信作が入っているんですか？」

指をさすと、相手は頷いた。

「はい。そんなにハードル上げられても困りますけど」

やはり、この青年もあやしい。ゆうべの食堂に現れたときも今朝も、この青年はプロやハイアマチュアが車に積むような大きなカメラバッグを担いでいた。機材だけでなくノートパソコンも収められるようなかなり容量の大きな物だ。それなのに、本人が言うところの自信作はこの安価な入門機で撮ったというのか。いや、サブカメラで期待以上の写真が撮れることは少なくないと、仕事で知り合ったプロから聞いたことはある。

だが、あの大きなカメラバッグには機材などほとんど入っていなかったにちがいない。もしもあの容量が必要になるほどの数のカメラや交換レンズが詰め込まれていたら、重量は相当なものになるはずだ。ストラップのねじれを親指一本でひょいと直せたのは不自然だし、あんなに軽々と持ち運べるものではない。

「すごく楽しみです、いったいどんな写真を見せてもらえるのか」

力を込めて言うと、気の弱そうな青年はあきらかに萎縮した表情を見せた。

二組のスリッパの音が、階段を上ってきた。

「はいはい、お待たせー」

夏海は開栓済みの烏龍茶の大きなペットボトルと紙コップ、ハルカはアイスペールとポテトチップスの袋を手にしていた。菅沼の言うとおり、修学旅行のようだ。十代の頃の気分を思い出して頰がゆるみかけたが、今は過去を懐かしんでいる場合ではない。

「氷係」と「注ぎ係」の高校生たちがせっせと用意したコップを、菅沼を含めた五人全員が手に取る。

「じゃあ、かんぱーい」

何を祝してかはわからないが、夏海の音頭でとりあえず乾杯をさせられた。不本意ながら、用心すべき男どもとも紙コップを合わせる。

思ったとおり、ハルカはとなりの田中に顔を寄せ、ひときわ丁寧に乾杯をした。ぎこちない田中の反応を見れば、彼が女の子から思いを寄せられたことがろくにないことはあきらかだ。男どもほど悪質ではないかもしれないけれど、この美少女も何か企んでいるのかもしれない。

烏龍茶をひと口飲んだハルカが、私と挨拶したときとは別人のような甘い声を発した。

「あー、緊張しちゃうなぁ。プロのカメラマンさんのとなりなんて」

烏龍茶が気管に入らなかったのは幸いだった。どうにか飲み込み、美しい高校生に問いただす。

「……プロ？」

「そうなんですって。人物専門のプロカメラマン。すごいですよねっ」

ありえない。それだけはぜったいにあり得ない。「曇っちゃいましたね」と私に言われて初めて鼠色の空を見上げたこの男が、プロであるはずがない。人物専門だろうが風景専門だろうが動物専門だろうが、天気を気に留めないプロカメラマンなどいるはずがない。少なくとも、『すくすくキッズ』に異動する以前の三年半では、ただの一人も会ったことがない。

これではっきりした。田中はハルカに嘘をついている。プロを騙って何をするつもりだ。

自称プロカメラマンを正面から見つめ、威嚇するように音を立ててポテトチップスを齧る。相手は目を逸らし、硬い笑みを浮かべて入門機を手に取った。

「それで、えー、さっそくだけど、写真、見てもらっていいかな」

「わぁーい！」

「おー」

高校生たちが、温度差はあるもののそれぞれ歓迎の意を示す。

カメラの電源スイッチを入れると、田中はボタンを一つ二つ押して画像を表示させた。緊張の面持ちで、小さなモニターをテーブルの真ん中に向ける。

モニターを覗き込んだ夏海が、小首をかしげた。

「電車？」

たしかに電車が写っている。ホームから撮影した、ごくありきたりなステンレスの車輌だ。画面の右半分が先頭車の前面で占められているものの、携帯電話の画面よりも小さなモニターでは、行き先表示までは読み取れない。

「ほら、ここ」

田中が画面の左側を指さす。どうやら電車に乗り込もうとしている人影が見えるけれど、カメラのモニターは五人で覗くにはあまりに小さい。

「何か写ってるんですか？」

しびれを切らせて尋ねると、田中ではなく菅沼が反応した。

「あっ、そうだ。田中君、大きいサイズの写真持ってきてるじゃない。あれ見せてあげなよ」

「ええっ。でもあれは、出来が……」

自称プロカメラマンが、急に泣きそうな顔になった。現像してみたら粗が目についた、といったところだろうか。私もミラーレスを持ち歩いていた頃は何度も経験したことではあるけれど、そんな写真が自信作とは。

烏龍茶をひと口飲み、菅沼が齢の離れた共犯者に笑いかける。

「いやいや、出来も何も、これとまったく同じ画像を引き伸ばしただけでしょ？　よく撮れた写真だとは思うけど、いかんせんこのサイズじゃ埒が明かないよ」

「でも……」

夏海が画面から顔を上げた。

「大きな写真があるんなら、私もそっちが見たい。ね？」

「うん」

ハルカが頷くと、田中は渋々立ち上がった。

「じゃあ、ちょっと部屋から取ってきます」

ハルカの背後をすり抜けた田中が、踏込でスリッパをつっかける。

「あれっ？　田中君、背中……」

菅沼が、不思議そうに呟いた。田中が首を左右に振り、肩越しに自分の背中をたしかめる。しかしここから見たところ、とくに変わった様子はない。帯の高さもおかしくはない。

「何か付いてます？」

田中に尋ねられ、呼び止めた菅沼は首をひねった。

「いや、どうも錯覚だったみたい。ごめんね、気にしないで」

「はあ」

曖昧に頷いた青年が廊下に消えると、夏海が菅沼に尋ねた。

「どうしたんですか？」

「うーん、おかしいなあ。老眼が進んだかな？　いやね、田中君の背中に髪が真っ白のお婆さんがおぶさっているように見えたんだけど」

「ちょちょちょやだやだやだお願いそういうこと言わないでここあたしんち出られても逃げ場ないじゃん」

いくらか蒸す室内で、夏海がしきりに両腕をさする。

ポテトチップスを齧りながら、ハルカが声をひそめた。

「誰だろう。昔この部屋で自殺した人とか？」

「いないないよそんな人！」夏海が、黒い髪が乱れるほど激しく頭を振る。「創業者のひいひいじいちゃんの代から自殺も心中もゼロ！　佐藤さんが当館第一号になるんじゃないかって心配してたんだから」

なるほど。あのまま海で死んでいたら、この宿の経営者が警察にどういった証言をしたかは火を見るよりもあきらかだ。私はあやうく第一号にされるところだったのか。

「やっぱり、そういう誤解を受けていたのね」

いけね、という顔をしてから夏海が弁解した。

「だって、佐藤さんきのう超暗かったじゃないですか。うちはほら、去年からお一人様も受け入れるようになったんだけど、じいちゃんなんかは古い人で、『女の一人旅は危ねえ』って今も反対してるくらいなんだから」

夕方の海岸で主人が叫んだ言葉を、私はふと思い出した。

——どんなにつらくったって、どんなに苦しくったって、おかしな真似をするんじゃないよ！

こんな状況なのに、ついにやけてしまう。きっと、両親とも純粋な人たちなのだろう。夏海が人なつこい女の子に育ったのも頷ける。

「お宅は三人揃って心配性だねー」ハルカが、ニヤニヤと笑いながら十畳間を見回した。

「こんな辺鄙な宿で人生の最期を迎えようなんて人、いたとしたらセンスなさすぎでしょ」

「辺鄙な宿で悪かったな」

「まあ、素朴な魅力にあふれたいいお宿って意味？　ささ、ぐっと」ハルカが従姉妹に烏龍茶を勧めていると、クリアファイルを手にした田中が戻ってきた。「あっ、田中さんおかえりなさーい」

一瞬で、甘ったれた鼻声に戻る。

食えない女だな。

喉の奥で笑い、紙コップを傾ける。

食えないけれど、わかりやすい。つまり、この子はまだ子供なのだろう。

「お待たせしました」

緊張した面持ちで座に着いた田中は、ポテトチップスの袋を端に寄せると六つ切りの紙焼きを座卓の真ん中に置いた。一辺が二十センチを超えるプリントに、高校生たちが顔を寄せる。

「あっ」

ハルカが、短く叫んだ。

「これ、ハルカじゃん」

夏海が写真の一点を指さす。冬服だろうか、今日彼女が着ていた物とは別の制服を身に着けたハルカが、電車のドアの手前でこちらに笑顔を向けている。いや、正確には顔はカメラのレンズではなく、体の半分だけが画面の端に収まった制服の後ろ姿に向けられているようだ。片手を挙げて呼び掛けたところに、ハルカが振り向いたような恰好だ。

「あと、もしかしてこれ、私？」

夏海が、後ろ姿を指さした。背恰好から見て、おそらくそうだろう。田中が自分の作品と、斜め向かいの本人の顔を繰り返し見比べる。気づいていなかったか。

ハルカが、眼鏡の奥の目を凝らした。

「あー、ほんとだ。なっちーだ。どこだろう。大原駅じゃないよね？　私、自転車通学だし」

夏海が写真を指さす。

「この感じ、月ヶ浦駅じゃない？　冬服着てるし、ハルカの通学バッグにまだミッキーらしいのがぶら下がってるから、たぶん今年の四月のお泊まり会。次の日学校だったでしょ」

「あー」

「でしょ？　田中さん」

夏海に問われ、撮影者は頷いた。

「うん。四月。ちょうどこのあたりで撮影していたときで」

そうか、一度月ヶ浦に来たことがあるのか。その点は私と同じだ。

ハルカが声をいっそう高くする。

「えー、すごーい。撮られたのぜんぜんわからなかったー」

菅沼が、まるで自分が褒められたように得意げに頷く。

「さすがだよね。ハルカちゃんがほんとにいい表情で撮れてる」

「そうですかぁ?」

食堂で「あの人嫌い」と評した菅沼を相手に、恥ずかしそうに、あくまでも恥ずかしそうに身をくねらせる。内心では写されたことを恥ずかしがるどころか、自分の容姿にかなりの自信を持っているようだ。

心中で「へっ」と嗤(わら)い、烏龍茶を喉に流し込む。

「ぼ僕も」急に背筋を伸ばした田中が、舌をもつれさせた。「僕も、自分の写真ながらいい表情で撮れてると思う。それで、ええと、あのー、ハルカさん。と、夏海さん」

「はい」

「んー?」

二人が顔を上げる。

「あの、『写真世界』って雑誌、知ってる?」

「ふげほっ。げほげほっ、げほえぇっ、えほっ」

プロと聞かされたときは耐えられたけれど、今度は烏龍茶が気管に入ってしまった。

『写真世界』だと？

「だ、大丈夫ですか？」

コップの烏龍茶に溺れたとでも思ったのか、菅沼が似合わぬ真顔でこちらの様子を窺う。私は頷きかけて中年男を制し、咳の合間に「大丈夫です。話を続けて」と田中に先を促した。

「ええと、どこまで話したっけ」

「写真、えほっ、世界」

むせながら、私は一年前まで在籍していた雑誌の名を告げた。『月刊写真世界』編集部、いま思えばいい職場だった。

「そうでした」田中が、高校生たちに向き直る。「あの、『写真世界』っていう雑誌があるんだけど、知ってるかな」

「ああ！　知ってる、かも」

「んー、聞いたことがあるような、ないような」

そうだよね、私も詳典社の内定をもらうまでは名前くらいしか知らなかったし。でも、元編集部員としてちょっとショック。

「『写真世界』といえば、日本でもっとも権威のあるカメラ雑誌だよね」

高校生たちの鈍い反応を見て取り、菅沼が助け舟を出した。やっぱりこいつら、グルだ。

田中が続ける。

「で、この雑誌の人気企画が、巻末に載ってる月例コンテストで、僕はまあ、そのカラープリント部門に、この写真を応募しようと思うんだけど」

やめとけ。悪いこと言わないから。

「えー、すごーい」感嘆(かんたん)の声が、ハルカの語彙(ごい)の少なさを物語る。「つまり私が、雑誌デビューするんですかぁ!?」

「やっ、それは、入選できたらの話」

ビギナーズ部門でもかなり厳しい出来なのに、手練(てだれ)がひしめき合うカラープリント部門で入選できると、この男は本気で思っているのだろうか。

「入選できますよ、きっと！」

なるほど、ハルカがこの地味な青年にすり寄る理由がわかった。「業界人」とお近づきになりたいのだろう。

目の前にぶら下がったニンジンに興奮気味のハルカとはちがい、夏海はまだ冷静だ。

「プロなのに、賞に応募するんですか？」

「うん、応募資格は『プロアマ問わず』だから」

この嘘つきも、応募要項には目を通しているらしい。『写真世界』の月例写真コンテストでは、ビギナーズ部門を除けば応募資格に制限はない。

「ふーん」

夏海が紙焼きに視線を落とす。その目はいくぶん懐疑的だ。

田中が口ごもっていると、またも菅沼が助け舟を出した。

「僕は素人だから技術的なことはわからないけど、いい写真だよね。このハルカちゃん、映画のヒロインみたいだもん」

「そーんなぁ」

ハルカがうれしそうに破顔する。

烏龍茶の紙コップを傾けながら、あらためて美少女を観察する。

たしかに、カメラマンの腕はともかくこの容姿は魅力的だ。あの大家（たいか）やあの人気フォトグラファーならこの素材をどう写すだろうと、想像をかき立てられるものをこの子はたしかに持っている。それだけに、人によって態度を変えるこの幼さが惜しい。裏方に気を配れるような子でないと、なかなか大成はしないものだ。

私が『写真世界』にいたときも、問題の多いモデルとは一人二人会ったことがある。名のあるカメラマンや編集長にはいい顔をしながら、私が差し出した名刺は片手で受け取り、さんざん丁稚（でっち）扱いをしてくれた。あの子たちはどうなっただろう。その後さっぱり見かけないけれど。

いや、ハルカの将来を案じている場合じゃない。今、この場にいる男どもに目を光らせないと。

男どもといえば、『写真世界』の編集部も男だらけだった。恐そうなおじさんばかりの職場に初めのうちは怯えていたけれど、付き合ってみれば大半が気のいい趣味人だった。一眼レフどころか普通のコンパクトカメラもろくに触ったことのない若手をおもしろがり、拝観時間前の京都の美しい古刹（こさつ）から、海に浮かぶ楽園のような沖縄の離島、果ては命の危険さえ覚えるほどの極寒の雪原まで、あらゆる現場に連れて行ってくれた。それだけでなく、素人なりに仕事を好きになろうとする姿勢を気に入ってもらえたのか、こちらが質問すればどんな初歩的なことでも詳しく教えてくれた。夏のボーナスでミラーレスを買いたいと私が言いだしたときなど、寄ってたかってアドバイスをくれてかえって決断を鈍らせてくれた。迷惑だったけれど、今となってはいい思い出だ。「まだ擦（す）れていない女性の視点が欲しい」と、月例写真コンテストの一次選考では意見を述べる機会を何度も与えてくれた。送別会の挨拶で不覚にも号泣してしまったときは、あまりにひどい泣きように爆笑で応えてくれた。

ああ、どうせ異動するなら、ダメ元で『写真世界』を希望してみようかな。「おっ、出戻りが来たぞ」と囃し立てる声が、この十畳間まで聞こえてくるようだ。

はっと顔を上げる。

座卓の向こうで話しているのは先輩編集者ではなく、浴衣を着た田中だった。私、ぼんやり考えごとをしていた。高校生たちを守らないといけないのに。

「で、最近はプライバシーとか個人情報とかすごくうるさくて、応募の規定にも『モデルの許諾を得ること』というのがあって、それで今回、出たとこ勝負でまた月ヶ浦に来たわけなんだけど――」

「待って待って待って」体当たりをするような勢いで、会話に割って入る。出しゃばりと思われようがかまわない。相手は嘘つきだ。「ええと、話を進める前に、私も写真を見ていいですよね」

撮影者の返事を待たず、紙焼きを手元に引き寄せる。写真の見方についてはカメラ雑誌の編集部にいた三年半でそれなりに鍛えられたので、夏海やハルカよりは眼力はあるはずだ。

まばたきを二つ三つしてから、写真を見つめる。

なるほど、ハルカの笑顔は美しいし、ピントも合っている。しかし、ほかに美点は見当たらない。

まず、画面の水平が出ていない。傾けたというよりも、傾いてしまったという印象の、見ていて不安になってくるようなバランスだ。また、露出を人物の顔に合わせたせいか、日光を浴びた電車の白い縁などは白とびを起こしかけていて不必要に目立っている。人物や列車などの被写体が画面の上寄りに集まっていて、下に無駄なスペースができている。そして致命的なのが、そのスペースにわずかながら撮影者のものらしき影が写り込んでいることだ。旅情も郷愁も朝の爽やかさも、そしてハルカの美しさも、画面の隅のこの黒い影が台無しにしてしまっている。仮にトリミングや傾き補正で体裁をつくろったところで、この出来ではビギナーズ部門でもまちがいなく一次選考落ちだろう。

人物専門との触れ込みだけど、写真を見るかぎりではとてもそうとは思えない。肝心の人物が小さく、先頭車の前面がはみ出すことなくフレーム内に収まっていることから考えて、当初の狙いは列車だったのではないか。しかし、ピントが先頭車の行き先表示や列車番号ではなく、人物に合っているのはどういうことだろう。

その疑問は、紙焼きから視線を上げてすぐに解けた。田中が持っているカメラのメーカーは、ミラーレスやコンパクトカメラだけでなく、一部の一眼レフにも顔認識機能を搭載している。つまりこの一枚は、顔認識が働くフルオートモードで撮ったものなのだろう。

「……何か、写ってます？」

不安げな声で、自称プロカメラマンが尋ねてきた。

何も写ってなどいない。何も写せていない。モデルの秀逸さを除けばとくに見るべきもののない、あくびが出るほど退屈な代物だ。この男は、構図の基礎も機材の使い方もまともに学んでいないのだろう。

そんなことを考えながら、気づけば私は大きなあくびをしていた。問いに言葉ではなくあくびを返された田中が、ぎょっとした顔で私を見つめる。

「ああ、ごめんなさい。ちょっと、昼の疲れが出ちゃったみたいで」

自分の挙動に驚いて頭を下げ、コップに残った烏龍茶を口に含む。

口蓋(こうがい)に残った細かい粒を舌でなぞっていると、菅沼が横合いから首を突っ込んできた。

「だったら、無理することないですよ。溺れて体力も使ったでしょうし、部屋で休んだら？」

こいつの仕業(しわざ)か。

休息を勧めてくる中年男のどこかうれしそうな顔を見て、私は確信した。

迂闊だった。ウイスキーを引っ込めたのを見て警戒をゆるめてしまった。烏龍茶に何か盛られたようだ。

目を走らせ、夏海とハルカを窺う。二人とも、今のところ変わった様子は見られない。つまり、邪魔者の私だけが陥（おとしい）れられたということか。

発熱や発汗はない。呼吸も落ち着いている。舌がもつれる気配もないし、手足も指先まで動く。ただ、頭がぼんやりしてしまう。この感覚、睡眠導入剤か？

トイレに駆け込んで胃の中身を吐き出してしまおうか。いや、それでは相手の思う壺（つぼ）だ。部屋から出たところでドアに鍵を掛けられてしまえば、女の子たちが危ない。

負けてたまるか。

奥歯を嚙みしめてから、菅沼に向けて根性で微笑みかける。

「大丈夫です。おかまいなく」

「無理しないほうがいいと思うけどなあ」

さっきからしきりに田中に助け舟を出しているけれど、月例コンテストへの応募がどう菅沼の利益に繫がるのかが見えてこない。あるいは、青年の無謀な挑戦を意気に感じて、打算も策略もなく応援しているというのだろうか。油断のならない中年男ではあるけれど、靴やパンツが濡れるのも厭わず背中をさすってくれた手には、悪意や下心は感じられなかった。

いや、それでも気は許せない。この男が何かを企んでいるのはまちがいないのだ。ならば、遠慮はいらない。ぶち壊してしまえ。何が目的なのかわからないけれど、こいつらの思いどおりにさせるものか。まずはネルシャツ、お前からだ。

「田中さん」

睨みつける。

「……はい」

「この写真ですけど、元々の狙いは人物じゃなくて、列車だったんじゃないですか?」

「あ、いや……」

あきらかに狼狽している。図星だったか。

「列車、列車ですよね。つまり——」

眠気に阻まれ、さらなる追及の言葉が口の中で空転する。

「へー、そうだったのか!」菅沼が大きな声で感心してみせる。「さすがだなあ。咄嗟に狙いをハルカちゃんに変えるセンスがすごいよね」

邪魔をするな、菅沼。あんたの相手はあとでしてやる。先に田中だ。たまたま撮れた写真を使ってプロを騙り、女の子に近づこうとするその魂胆が気に入らない。

私は菅沼の言葉を受け流し、田中をまっすぐに見据えた。

「プロカメラマンということですけど、フリーの方ですか？　私も写真については仕事で多少係わってきたので、ひょっとしたらどこかでお目にかかっているかもしれませんね」

何か言いかけて、田中は口を閉じた。せわしなくまばたきを繰り返し、それからようやく、か細い声を発する。

「あの、お仕事というのは……？」

クソッ。眠い。瞼が落ちそう。

頭を振って姿勢を正し、可能なかぎり声を張る。

「編集者です。今は異動してしまいましたが、去年まで『写真世界』編集部にいました」

「えーっ、すごーい！」

ハルカが、菅沼よりも大きな声を発した。調子のいい子だなとは思うけれど、今はその声が眠気覚ましにちょうどいい。

「お力になれることもあるかもしれませんし、もしよかったらお名刺をいただけませんか」

私の申し出に、田中の顔から血の気が失せた。さすがの菅沼も、得意のにやけ顔が固まっている。

「ええっと、ああ、はい、名刺ですか」田中はしどろもどろだ。持っているなら出してみろ、ニセカメラマンのニセ名刺を。「いや、あのー、名刺はですね、ちょっと切らしてまして」

「えーっ」わざとらしく驚いてみせる。「被写体に許諾をもらいに来たのに、名刺を切らしてるんですかっ⁉」

泣く子も黙る大御所ならいざ知らず、こんな若手が名刺を持っていないはずがない。

「いやーっ、まあ、そんなもんじゃないかな」またも、菅沼が田中に助け舟を出した。何艘目だ。「フリーランスなら名刺作らない人もいるよねえ。顔が名刺代わりみたいなとこあるでしょ、フリーランスなら」

追い詰められた田中が、菅沼にすがりつかんばかりに身を乗り出した。

「そうそう、そうなんですよ。顔が名刺代わりなんですよ。やっぱり、音楽業界もそうなんですか？　菅沼さん、わりと知られたプロの歌手なんですよね？」

「えっ」

「ええっ⁉」

「ええーっ！　すっごーい！」

私と夏海、そしてハルカの驚きの声が、夜の十畳間に響いた。

やってくれた。

まったく、やってくれたよ。田中に助け舟を出してやったら、転覆させるほどの勢いでしがみついてきた。

カメラマンに向けられていた高校生たちと佐藤の視線が、今は俺に集まっている。困ったことになったが、黙っているのは不自然だ。笑おう。なるべく自然に、照れた様子で。

「まあね、昔のことですよ、昔の」

「すごいですぅ。超尊敬！」

ハルカが、目をキラキラさせて俺を見つめる。超がつくほど尊敬してくれるのはかまわないけれど、君が「こんな辺鄙な宿で人生の最期を迎えようなんて人、いたとしたらセンスなさすぎでしょ」と笑ったことはおじさん覚えているからね。

夏海が烏龍茶を飲み、それから腕組みした。

「そうか。だからそんなに声がよく通るのか。たしかにプロレベルだわ。ゆうべのギターと歌、うるさかったけどうまかったもん」

「その影響が巡りめぐって、私が海にブチ落ちたんだけどね」

皮肉を口にした佐藤が、あくびを噛み殺した。よし、これはまちがいない。睡眠導入剤が効いてきている。もうひと息だ。おとなしく1号室に戻って寝てくれ。布団に入ればあとは朝までぐっすりだ。

田中に秋波を送っていたはずのハルカが、カメラマンを押しのけるようにして俺に尋ねてくる。

「どんなジャンルですか？　私が知ってる曲あるかなぁ」

田中ではなく俺に注意が向いてしまったのは、たしかに計算外だ。だが、ニセカメラマンが馬脚を露わすのを防ぐには、かえって好都合だったかもしれない。思わせぶりな言葉でもう少し高校生たちを引きつけて、中身のない会話に疲れた佐藤の眠気が限界に達するのを待つのも手だろう。

「いやいやいや、やめてほんと。昔は、というか、今でも自分では歌手のつもりだけど、歌ってみせたって若い子はどうせ知らないから」

作戦とはいえ、みじめな現実を自分の口から語らなければならないのは少々つらい。そう、世間からは忘れ去られ、曲も書けなくなってしまったけれど、自分では歌手のつもりなのだ、今でも。

　夏海が座卓に身を乗り出す。

「知らなくてもいいから私は聴いてみたい。プロの生歌なんてめったに聴けないし」

「だめだよ。こんな所で歌ったら夏海ちゃん怒るでしょ」

　俺の軽口に、夏海が下唇を突き出す。

「そりゃ、あの時間に歌ってたら相手がボブ・ディランでも黙らせますよ。ほかのお客さんのこともあるし」

「冗談だよ。とにかく、僕のことはいいじゃない」

「よくないでしょ。芸名は？　事務所どこ？　いちばんヒットした曲でチャート何位までいった？」

「夏海ちゃん、食い下がるねえ」

「だって、こんな辺鄙な宿に芸能人が来るなんて初めてだし」

　ハルカが呟く。

「いま、自分で『辺鄙な宿』って言った」

　田中が笑い、だいぶ少なくなった烏龍茶を自分のコップに注いだ。一時的にせよ、佐藤の追及を逃れてほっとしているのだろう。

「ねえ、芸名だけでも教えてくださいよ」

興味津々（しんしん）の夏海に苦笑いで応え、軽くなった座卓のペットボトルを手に取る。

「まいったな。そんなにグイグイ来られたら喉渇いちゃうよ」

「で、芸名は？」

「エルヴィス・プレスリー」

「はいはい。それでエルヴィス、芸名は？」

「勘弁してよ。言ったらどうせ検索するんでしょ？」

「しないしない。検索結果によっては一緒に写真撮って学校の友達に自慢しようなんて思ってもいない」

「そりゃ安心だ」

手をひらひらと振り、烏龍茶を飲む。

「じゃあ、質問を変えます。どうして、プロの歌手がうちに泊まろうって思ったんですか？」

それはね、お気に入りの自作曲の歌詞に出てくる「グランオテル」で死のうと思ったからだよ。とは、さすがに言えないな。

「やあ、素敵な出会いがあるかもしれないって直感が働いてね。実際に来てみたら、ほら」四人を順に指差す。「ほんとにあった」

「うわクッサ」夏海がのけ反る。「まあ、それくらいアレな人じゃないと芸能人にはなれないか」

「『アレな人』という形容は不本意だけど、まあ、そういうふうに見られる職業だよね」

「いやいや、本気で尊敬してますよ。あの派手な赤いパンツも急にかっこよく思えてきたもん」

　この子は話していて楽しい。この部屋に来た目的を忘れてしまいそうだ。

「ずいぶん興味があるみたいだけど、夏海ちゃんは音楽業界志望なの？」

「ううん、まさかまさか。音痴だって言ったじゃないですか、ゆうべ。うちはお父さんがもう、鼻歌すら自ら封印してるくらいのド下手で、それなのに娘の誕生に浮かれて子守唄なんか歌ってくれちゃったそうだから、私にも音痴が伝染してるんですよ」

「なっちー、カラオケだけは誘ってもぜったい来ないもんね」

　ハルカの言葉に深々と頷く。

「うん。だから音楽業界とかあり得ない」そう答えてからこちらを向き、夏海はパチパチッという音が聞こえそうなほどのまばたきをした。「あれですよ、芸能方面だったらハルカのほうがずっと適性あるでしょ」

ここぞとばかりに従姉妹を売り込みに来た。

「えーっ、そうかなぁ」

ハルカが両手を頰に当て、しらじらしく恥じらってみせる。あのね、相手によって態度を変えているうちは見込みはないよ、美少女ちゃん。

「オーケー。ハルカちゃんの適性についてはまたのちほど。それで、夏海ちゃんの志望は？」

「なんですか。菅沼さんこそ〝グイグイ来〟るじゃないですか」

たしかにそうだ。だが、興味が抑えきれない。佐藤が眠気に耐えられなくなるまでの時間稼ぎのためでもあるが、聞かなければこの世に未練が残りそうだ。

「で？」

「『で？』ですか」抵抗をあきらめ、相手が口を割った。「私は、ここを継ぐつもり」

「ああ、まちがいなく適性あるね、それは」

「そう？　なんかちょっとうれしい。でも、今の私は言ってみれば井の中の蛙（かわず）じゃないですか」

「そうかなぁ」

ハルカが首をかしげる。

「そうだよ。実地に理論が追いついてないというか。だから、ちゃんと学問として観光業とか英語とかをいろいろ勉強しておきたい。そのためにも大学には行きたいんだけど、ねえ」

　頷きかけられた佐藤が、目をしばたたきながら応えた。

「ご両親が一人暮らしに反対なんだよね。今朝、食堂で話してくれたけど」

「そう。一人娘なんでいろいろ心配してるみたい。でも私だって五歳や十歳じゃないんだから、一人暮らしでやったらまずいことの区別はついてるつもりなんですけどね」

「たとえば？」

　尋ねると、相手は自分の指を折って数えた。

「たとえば、あやしげな勧誘に引っかからないとか、夜道には気をつけるとか、素性のわからない男を部屋に上げない、とか」

　一本ずつ折っていった指が、三本目の途中で止まった。

「上がり込んでるよね、素性のわからない男が二人も」

　佐藤の邪魔なひと言を、立身出世に燃えるハルカが打ち消す。

「えー、でももう素性わかったし。プロのカメラマンの人と、プロの歌手の人でしょ？なんか今日、すごくない？　プロの編集者さんまでいるしぃ」

さっそく、佐藤にも秋波を送り始めたか。

「まあ、アマチュアの編集者というのも聞かないけどね」

そう答えた編集者が、鼻の下を伸ばしてあくびを嚙み殺した。よし。

「佐藤さん、やっぱり眠いんじゃない？」

夏海の声に、今度は佐藤も素直に頷く。

「うん、なんだか、急に。やっぱり、溺れた疲れが出たのかな」

ゆるみかけた頬を引き締め、俺は頭を掻いた。

「いやほんと、寝不足につきましては重ね重ねすみません。ご迷惑をお掛けした張本人が言うのもおかしいけど、無理しないで部屋に戻ったほうがいいと思いますよ」

「いえ、ほんとに、大丈夫ですから」小さく振った手が、膝元にすとんと落ちる。「でも、ちょっと、三分……、五分、だけ」

喉の奥でそう話すと、佐藤は背後の壁に寄りかかってしまった。

期待どおりに睡眠導入剤が効いてくれたのはいいが、この場で寝られてしまってはやりにくい。しかし、無理に起こすのは控えておいたほうがいいだろう。薬の効果が続いている間に事を済ませてしまえばいい。

「あらら、寝ちゃった？　ほんとに大丈夫なのかな、この人」

夏海は苦笑しながら立ち上がり、佐藤の前を横切ってふすまに向かった。

金庫が閉まっていることに気づかれるのではと、一瞬身構えたのは自覚している以上に緊張しているからだろう。夏海は金庫が収まっている下段ではなく、上段のふすまを開いた。重ねられた布団の中から毛布を取り出し、編集者の体にそっと掛ける。

よく気がつく従姉妹が座り直すのも待ちきれず、ハルカは俺に話しかけてきた。

「それで、私の適性は？」

気にしていたのか。

「まあ、うん、あるんじゃないかな」写真を指さす。「こういう含みのない笑顔を誰にでも向けられるようになれば、未来は明るいと思うよ」

「そうですか！　未来は明るいですか！」

大事な部分を端折り、都合よく解釈したようだ。

「しーっ。佐藤さんが起きちゃうよ」

「あ、ごめんなさい」

わかってくれればいい。眠りを妨げられたら佐藤も迷惑だろうが、俺にとってはもっと迷惑なのだ。

四人が唇を結び、佐藤に視線を向ける。体に掛けられた毛布が、規則的に上下している。

さて、ここからだ。難敵が目を覚まさないうちに、人払いをしてしまわなければ。

俺はペットボトルを手に取ると、底に残った烏龍茶を紙コップに注いだ。

「ありゃ。なくなっちゃった」

夏海が腰を浮かせる。

「あ、じゃあ新しいの取ってくる。ほかに何か欲しい物ありますか？」

「さすが、宿の一人娘として英才教育を受けているだけあるね。素晴らしいホスピタリティー。じゃあホスピタリティーついでに、そうだな、何か軽くつまめる物なんてないかな。ポテトチップスよりも、もうちょっと大人向けの」

夏海が顎に手を当てる。

「すぐに出せるものだと、たたみいわしくらいしかないけど」

「最高」ホスピタリティーの持ち主に、親指を立ててみせる。「軽く炙って七味を振ってくれたらなお最高。それから悪いけど、僕の部屋に行ってギターを取ってきてくれるかな」

「歌ってくれるの⁉」

自分をこの2号室から遠ざけるための手段とも知らず、夏海が目を輝かせる。田中は今朝からずっと、この後ろめたさを抱えてきたわけか。少しだけ同情してしまう。

「まあ、烏龍茶代の代わりにね。頃合いを見て歌えば、佐藤さんの目覚まし時計代わりにもなるでしょ。ギターはケースに入ってるから、そのまま持ってきてくれればいいよ」

「やった」

俺の手から6号室の鍵を受け取ると、夏海は軽やかに立ち上がった。

「運ぶ物いっぱいありそうだし、私も手伝うよ」

期待どおり、ハルカも腰を上げる。

高校生たちはスリッパをパタパタと鳴らし、階段を下りていった。

壁にもたれて寝息を立てている佐藤を横目で窺ってから、田中の肘をつつく。

「なにやってんの」

「えっ？」

声をひそめ、ニセカメラマンをけしかける。

「今だよ。せっかくのチャンスなんだから、追いかけてってハルカちゃんを捕まえないと」

田中が、とたんにそわそわしだした。

「でも、何を話せばいいのか……」

「そんなの出たとこ勝負でしょ。ほら、ぼやぼやしていたら最初で最後のチャンスがどんどん遠ざかっていくよ」

「そうは言っても……」

まどろっこしい。佐藤を起こしてしまうリスクはあるが、語気を強めるしかない。

「あのね、田中君。ここで座ってても何も始まらないんだよ。それでいいの？」

田中が、背中を震わせた。

「……いや、それは、よくないです」

「そう、よくないんだよ。行動しなくちゃ。後先考えずに、まずはハルカちゃんに声を掛けよう。声を掛けたら、とにかく落ち着いて、なるべくゆっくり時間をかけて、君の気持ちを素直に話せばいいから。焦ったらだめだ。頭の中を整理して、ゆっくり、じっくりだよ。わかった？」

「わか、わかりました」

虎の子のカメラを摑んで立ち上がり、浴衣の衿を正すと、青年は廊下に飛び出していった。

急に静かになった部屋の中、俺は深呼吸を一つした。それからもう一度、佐藤の様子を観察する。念のため顔の前で手を振ってみたが、反応はない。いい夢でも見ているのだろう。いや、夢も見ないほど熟睡している様子だ。

音を立てぬように慎重に立ち上がり、俺は自分が座っていた座布団を手に取った。目で佐藤を、耳で廊下の物音を警戒しつつ、慎重に押入れの前へと移動する。畳に片膝をつき、下段のふすまに手をかける。

焦るな、焦るなと自分に言い聞かせ、敷居の上でふすまを少しずつ滑らせる。

押入れの暗がりの中、射し込む照明の光に金庫の角が鈍く光った。厚い扉は、もちろん閉まっている。この宿の主人も女将も、そして娘と姪も、俺の忘れ物には気づかずにいてくれたようだ。

さて、ここからだ。この金庫は、開錠時の信号音が大きい。それを抑えるために座布団を用意したのだが、それでも無音というわけにはいかないだろう。睡眠導入剤を飲んだ女を起こすほどではないとは思うが、目を覚まさない保証はない。しかしほかに手段がない以上、ここは運を天に任せるしかない。なに、一瞬のことだ。取り出したらすぐに懐に入れてしまえばいい。あとは戻ってきた夏海から6号室の鍵を受け取り、部屋に入って「パンッ」だ。

乱れてきた呼吸を整え、かすかに震える指先でテンキーを押す。
3、9、6、8。そして、＊。

すかさず、座布団を金庫の扉に押しつける。信号音は、幸いにもほとんど聞こえなかった。ロックが外れる感触が、座布団越しに手のひらに伝わる。開いた。

座布団を捨て、扉を全開にする。あった。誰にも触られた様子はない。グリップを握る。そのときだった。

「泥棒っ！」

後方から突きつけられた鋭い声に、全身が硬直する。右手を庫内に差し入れたまま、座卓の方を振り向く。寝ていたはずの佐藤が、燃えるような目で俺を睨みつけていた。

「猥褻目的かと思ってたけど、泥棒だったか！」

どちらも的外れだ。だが、どちらでなくてもこの状況が危機的であることに変わりはない。

かろうじて笑みを浮かべ、壁を背にしたまま敵意をぶつけてくる相手に尋ねる。

「なんで起きれるの？　睡眠薬が効いてるはずなのに」

意外に厚い舌を覗かせ、佐藤が上唇を舐めた。

「やっぱり。口の中に細かい粒が残ったから盛られたのはわかったけど、いつ？」

「田中君の背中にお婆さんの霊が取り憑いたとき」

「ああ」俺から目を離すことなく、わずかに頷く。「ということは、ここに来るのが遅れたのって――」

「そう。錠剤を砕いてた。ウイスキーで楽しく酔い潰せればよかったんだけど、ゆうべ酒で迷惑をかけられた人間の酌は受けられないよね、やっぱり」

「ただ、カムフラージュとしてはなかなか効果的でしたよ。ウイスキーをごちそうになるつもりはさらさらなかったけど、夏海ちゃんが持ってきた烏龍茶は警戒心ゼロで飲んじゃったし。いま思えば、こんな古典的な手に引っかかった自分が馬鹿みたいですけどね」

いくらか発音が曖昧なのは、睡眠導入剤が効いているからだろうか。しかし、意識ははっきりしているようだ。

「僕だって、人を昏睡(こんすい)させるなんてリスキーな手は使いたくなかったんだけどね。でも、背に腹は代えられなかった。で、なんで効かないの？　超人？」

「飲ませたの、スボレキサントあたりじゃない？　それなら私も処方されたことがあるけど、効かなかったんですよね」

片膝をついたまま嘆息する。

「まいったな。僕よりシリアスな人だったか」

「暴言野郎のクソ上司に鍛えられてますから。でも、寝たふりしてる間に何度かほんとに眠りそうになって焦ったけど」

「そのまま眠ってくれてたら、お互い平和に夜を過ごせたのに」

「とにかく、その金庫から離れて」

グリップを握る手に力が入る。唯一の銃弾は薬室に装塡(そうてん)したままだが、安全装置をロックしてあるので誤射の危険はない。

「あのね、さっき僕のこと『泥棒』って言ったけど、佐藤さん、ちょっと誤解してるよ。中に入ってるのは僕の私物。部屋を移動するときに置き忘れたの」

少々の間のあとで、佐藤が頷いた。

「だから、迷わず暗証番号を押せたのか」

「うん。で、もうあの子たちも戻ってきちゃうし、誰にも危害を加えるつもりなんてないから、どうか、何も見なかったことにしてくれませんか。勤め先でひどい目に遭っているあなたなら、僕がこういう物を持っている事情も察してくれると思うんだけど」

俺の言葉を頭の中で反芻する時間を置き、それから佐藤が口を開く。

「物を見てから判断します」

「じゃあ、交渉は決裂だ。ごめんね、僕も万策尽きたから脅迫するよ。手を挙げろ」

金庫の中から取り出した拳銃を、眠れぬ編集者に向ける。佐藤は目を見開き、両手を使って後ずさろうとした。しかし、背中は壁についている。

「モデルガン、でしょ?」

震える脚を励まして立ち上がり、銃口を向けたまま答える。

「マカロフPM。モデルガンでもエアガンでもない、本物の拳銃だよ。あと、手を挙げて」

魅入られたように銃口に視線を置いたまま佐藤は両手を挙げ、俺に尋ねた。

「どうして、そんな物を」

「昔の芸能界は、売れるとそれはもういろんな人が寄ってくる世界でね。その伝手から手に入れて、羽振りのいい頃は空き缶なんかを試し撃ちして楽しんでたんだけど、とうとう実地に用いる日が来たというわけ」

なかなか落ち着いた受け答えができているつもりだったが、やはり極度に緊張していたのだろう。廊下の足音に気づくのが遅れた。

「あのね、お父さんに聞いたらたたたたみいわああああああっ!」

部屋に入ってきたのは、夏海だった。人の口はこんなにも大きく開くのかと感心するほど、大きく口を開いて叫ぶ。

「夏海ちゃん、お願いだから静かに——」

「おおおお母さーん! 助けて! 早く! 早く!」

天を仰ぎたくなるのをどうにかこらえる。隙を狙った佐藤と揉み合いにでもなったら、かえって危険だ。

音楽は得意ではないそうだが、宿の一人娘の声は素晴らしくよく響いた。十畳間にはまたたく間に彼女の両親と従姉妹、そして田中が駆け込んできた。しかし、犯罪とは縁のなさそうな人々にとって拳銃の威圧感は大きく、座卓を境界にこちらには誰も踏み込んでこられない。双方が逡巡している間に、佐藤が畳を這って座卓の向こうまで退いた。

まいったな。

心の中でため息をつく。拳銃を取り戻したのだから、この場で今すぐ頭を撃ち抜いてしまえば目的は達せられる。しかし、その瞬間を見たこの人たちにトラウマを植えつけてしまうのは本意ではない。とくに、まだ十代の二人が気の毒だ。

「す、菅沼さん」四角い顔を蒼白にし、主人が呼びかけてくる。「それ、下ろしましょうよ、とりあえず。ね?」

いつの間にか、主人は妻と娘を背中に隠すようにして立っていた。おそらく、考えて動いたのではないのだろう。言ってみれば、家族を持つ男の本能だ。

この目は、俺にはできないな。

わずかに潤(うる)んだ相手の目を見ながら、そんなことを考えてしまう。

「ごめんなさいね、ご主人。こんな形になっちゃって。誰も傷つけるつもりはないんです。自分の部屋に戻りたいだけ。だからちょっと、道を空けてもらえませんか」

答えを探す主人の傍らで、女将がポケットから何かを取り出すのが見えた。携帯電話だ。震える指先でどうにか操作しようとしている。

「待った！」

銃を向けると、女たちの口から悲鳴が上がった。主人が、両腕を広げて銃口の先に立ちふさがる。

「妻と娘だけは、どうか勘弁してください。お願いです」

「ああ、ごめんなさい。撃つつもりはないんです、女将さんも、ご主人も、もちろん夏海ちゃんも」銃口を畳に向け、殺意がないことを示す。「とにかく、携帯電話は捨てて」

「は、はい、はいっ」

女将が、足元に携帯電話を放った。番号を入力する前に阻止できたようで、畳に転がった端末がどこかに通じている様子はない。

両腕を下ろした主人が、うわずった声で尋ねてきた。

「菅沼さん。どうして、こんなことを？」

顔に力を入れ、どうにか微笑むことができた。

「大事な拳銃を金庫に置き忘れるなんてね。大失敗。生まれ変わったら、昼酒は控えるようにします」

「あっ」

ビールを酌み交わした青年が、短く声を発した。俺と目が合い、逃げるようにうつむく。

俺を見つめる佐藤の声から、敵意がわずかに薄れた。

「菅沼さん、『生まれ変わったら』って言いました？　ちょっと待って。自殺する気？」

喉の奥で「ひっ」と叫んだハルカを守るように、佐藤は片腕を広げた。

気が強く心のやさしい女に向けて、しっかりと頷く。

「佐藤さんも、つらい思いをしてるんだよね？　だったら僕の意思は尊重してもらえると思う」

「そんな、死にたいなんて思ったこともないですよ。殺したい上司はいるけど」

「強いなあ、佐藤さんは。ほんとに強い」笑おうとしたが、うまく笑えない。「僕はそうじゃない。もう何年も、死ぬことばかり考えてきた。この先どんなに頑張ったって、終わった人間にチャンスは巡ってこないんだよ」

「終わった人間？」

「そうだよ、終わった人間」唇が震える。「一発屋の余生は長すぎる。落ちぶれてから今日まで、勤め人の定年退職から平均寿命までよりも長くて、みじめな時間を生きてきた。もうたくさんだよ」

「だからといって――」

「説得はいい。もういいんですよ、そういうのは。言葉でやすやすと立ち直れるくらいなら、こんな馬鹿なことはしないよ。というわけで、道を空けてくれないかな。僕の部屋に帰って、一人で静かに死ぬんだ。もう弾(たま)は一発しか残ってないから、失敗できないんですよ」

どうにか水平ちかくまで持ち上げた腕を左右に振り、銃口をそれぞれの腹のあたりに向ける。ただの威嚇ではあっても、さすがに顔には向けられなかった。

座卓の手前まで迫っていた人々が、おずおずと後ずさりする。それでいい。

感謝の意味を込めて頷き、一歩踏み出した俺の耳を、少女の叫びが貫いた。

「動くな！」

夜の客室に響く、張りつめた声。

黒い銃口が、細かく震えながら私のみぞおちあたりを狙っている。グリップを強く握りすぎて鬱血した指と、光沢のない、持ち重りのしそうな銃身。

撃たれたら、やっぱり痛いのかな。それとも、痛みを感じる暇もなく死ぬのかな。

突きつけられた拳銃にうろたえて空転する頭を必死に働かせ、恐怖に唇を震わせる一方で、私はどこかぼんやりとそんなことを考えていた。

客室は七人もの人間がひしめき合っているとは思えないほど静かで、時間が止まったようにみんなが言葉を失っている。聞こえるのは、窓の隙間から染み込む波音と虫の音ばかり。

どうして、こんなことになっちゃったんだろう。明日はせっかくの休みなのに。まだ家と学校と、この小さな町くらいしか知らないのに。たったの十七歳なのに。

とにかく、何か言わないと。痛くても痛くなくても、撃たれるのは嫌だ。死にたくない。

「う、動くな、止まれ」

言ったあとで、菅沼さんがとっくに止まっていることに気づいた。

「オーケー、夏海ちゃん。口は動かしてもいいかな?」

この赤パンも緊張はしているみたいで、バタくさい言い回しがひときわわざとらしく聞こえる。

「口はオーケーです」

「ありがとう」

胸の動悸が治まらない。どうにかして自殺をあきらめさせないと、こっちが先に死にそうだ。

「あのね、言わせてもらいますよ。菅沼さんは死んじゃえば楽になるのかもしれないけど、私たちはどうなるの？　菅沼さんが泊まってる6号室はうちでいちばん立派な客室なんだから、拳銃自殺で血なんかぶちまけられたら商売上がったりなんですよ」

はたして、これは説得になっているんだろうか。なんかちがう気がする。

菅沼さんが、目尻に皺を寄せて苦笑した。

「夏海ちゃん。君はいい女将さんになるよ。迷惑かけてごめんね。でも、ネットでこの宿を見つけたときに決めたんだ、最後はここでって。さあ、道を空けて」

ひふふっ、はふふっ、とみっともないくらい震える深呼吸をしてから、私は首を横に振った。

「道を空けてもいいけど、6号室の鍵は私のポケットの中だよ」

私の腰のあたりに目を走らせた菅沼さんが、顔をしかめた。

「そうだった。時間稼ぎをしようなんて考えて、部屋の鍵まで渡したのは失敗だった」

「どうする？　私を撃って奪う？」

お母さんが短く叫ぶ。顔を向けて安心させてあげたかったけれど、銃を構えた菅沼さんから目を離せない。顎で銃をさし示す。

「それ、弾は一発しか入ってないんでしょ？　撃ったら自分の分がなくなるよ？」

眉根を寄せてむずかしそうな顔をしていた菅沼さんが、ふいに口元をゆるめた。

「君と話すのはほんとに楽しいなあ。房総グランオテルの未来はきっと明るいよ。ああ、そうだ。せっかくこういう道具を持っているんだし、活用しないと」

私のおなかのあたりをさまよっていた銃口が、お父さんの胸にぴたりと向けられた。

「ちょっと、やめてよ！」

私の声を無視して、菅沼さんはお父さんに語りかけた。

「ご主人、もしお金の都合がつくのなら――」

「いいいくら必要なんですか！」

菅沼さんが、眉尻を下げる。

「いやいや、必要なのは僕じゃないです。夏海ちゃんです。もしお金の都合がつくのなら、彼女を大学に行かせてやってくれませんか？」

はい？

「はい？」

お父さんが、私の疑問を代弁した。

「これほどの度胸と愛嬌と機転の持ち主ですから、外で得たものを宿にたくさん持ち帰ってきてくれるはずです。どうでしょう」

「はい、はい、必ず」頷いてから、横目でチラッと私を見る。「あとは、本人の努力しだいです」

余計なひと言を。

お父さんに頷き返した菅沼さんが、気障ったらしく私にウインクした。

「よかったね、夏海ちゃん。努力するんだよ」

「いま、生き延びるための努力を全力でしているところです」

「だははは！」この笑い声、ずいぶん久しぶりに聞いた気がする。「最高だなあ、夏海ちゃんは。歌、聞いてもらいたかったな」

そう言うと、菅沼さんは銃口を下ろした。自殺をあきらめてくれたのかと思ったけど、そうじゃなかった。銃の横についているレバーを親指で動かす。この仕草、刑事ドラマで見たことがある。あれだ、安全装置ってやつだ。ということは、私たちを撃つつもりは最初からなかった？

「どうやら、6号室には戻れそうにもないんでね」

申し訳なさそうに微笑むと、菅沼さんは自分のこめかみに銃口を押し当てた。

「キャーッ」

私やハルカの口から悲鳴が飛び出す。

突然、強い閃光が菅沼さんの体に繰り返し浴びせられた。驚いたのか、銃口が天井を向く。

口を開けたままあたりを窺う。カメラを構えた田中さんが、シャッターボタンを押していた。カシャッ、カシャッ、カシャッ、とカメラが乾いたシャッター音を発し、そのたびに光が部屋全体を白く照らす。

ファインダーから顔を上げたカメラマンが、泣きそうな表情で大声を上げた。

「死ぬならどうぞ！　誰だか知らないけど、落ちぶれた芸能人の最期を一部始終撮ってやる。『写真世界』の月例コンテストどころじゃない。ピュリッツァー賞ものだ。菅沼さん、『一人で静かに死ぬ』なんて、そんなことさせないよ！　ネットに流してやる。みじめな死にざまが何万回とコピーされて、何百万人って人の目に晒されるんだ。そんなの嫌でしょ？　だったら、こんな馬鹿なことやめましょうよ」

半べそで語りかける田中さんに、菅沼さんはおだやかな目で答えた。

「田中君、そんな意地悪言わないでよ。昼ごはんおごってあげたじゃない」

「働いて返しますよ。だから――」

「君にはいろいろ嫌な思いをさせちゃったね。ごめんね。あの写真、入選するといいね」

菅沼さんが、もう一度銃口をこめかみに当てた。引鉄に掛けた指が、わずかに動く。

止めなくちゃ、と思ったけど、体が動かなかった。唯一できたのは、自分を守ること。

正確には、自分の心を守ること。私はぎゅっと目をつぶった。

「う、ううう……、うみべのー」銃声に怯える耳に、震える男の声が流れ込んできた。歌だ。「グランオウテーエー　ふるいぃーチェアにねそべりぃー」

聞いたことがないメロディだ。そして、下手だ。ド下手。ミドルテンポ。誰だ、こんなときに。

目を開けると、お父さんがブルブルと体を震わせながら歌っていた。あの音痴が！

菅沼さんが、宇宙人にでも遭遇したみたいな顔でお父さんを見つめている。

しんと静まった2号室の中で、今度はお母さんが歌いだした。

「ふたりー」

はっと振り返ったお父さんと頷き合い、声を揃えて続きを歌う。

「グランオゥテーエー　あさのーうみをみぃてぇたぁー」

「……あの、えっ？」

娘の声には耳を貸さず、夫婦が合唱する。お母さんのリードで、メロディがだいぶ聴けるものになっている。それどころか、震えてたはずなのにもう楽しそう。

「うみべのー　グランオゥテーエー　やがてぇーひかりにとぉけぇー　きみとー　グラン――」

「どうして！」

歌手の大きな声が、歌をさえぎった。手探りするように、お父さんとお母さんに尋ねる。

「どうして歌えるんですか、『海辺のグランオテル』。チャートの二位まで行った『ドライヴィング・ガール』ならともかく、ぜんぜん売れなかった曲なのに！」

お父さんが、おだやかだけどうれしそうな声で答えた。

「どうしてって、二人とも大好きな曲だからですよ、御厨信二さん」

言葉を失ってしまった菅沼さんの代わりに、私が質問する。

「なに？　なに？　『みくりやしんじ』って、菅沼さんのこと？　知り合い？」

「知り合いじゃないけど、まあ、恋のキューピッド、かな?」

この四角い顔の調理師から、「恋のキューピッド」なんて言葉が発せられるとは。

「ええと、そのキューピッドが菅沼さんで、『みくりやしんじ』は菅沼さんの芸名ってこと?」

「ああ。ギターを持ってきてるし、声も似ているし。髪はだいぶ伸びたようだけど、顔には昔の面影(おもかげ)があるから、『まさかなあ』なんてゆうべお母さんと話してたんだけどな」

お母さんが、話を引き取る。

「いま話を聞いて、まちがいないって確信したの。『海辺のグランオテル』、四十過ぎても何も見ないで歌える自分にびっくり。やっぱり、若い頃の好きな曲って思い入れがちがうのよね。デート中に車の中で何十回聴いたか」

親のデートという概念がいまいち理解できない娘を置き去りにして、お父さんが頷く。

「ツアーで木更津(きさらづ)のホールに来てくれたときは、車で房総半島横断して聴きに行ったなあ。もう、二十年以上前か」

「楽しかったね。『海辺のグランオテル』も演(や)ってくれて。イントロのあの、『しゃららーん』って音の、ウインドチャイム? あれが聞こえてきた瞬間、『キャーッ』て叫んじゃった」

「でっかい声だったなあ」

拳銃がそこにあることを本気で忘れてるみたいで、私の両親は懐かしそうに太古の昔を振り返っている。

菅沼さんは菅沼さんで拳銃を持っていることを忘れているみたいで、こめかみに突きつけていた銃口が斜め上を向いていた。

「まさか、ここの『房総グランオテル』って……」

お母さんが、いたずらがばれた子供みたいに笑みを漏らす。

「ええ。先代までは『ふじひら荘』っていう名前だったんですけど、建物をリフォームするときに、主人と企んでここぞとばかりに」

「なにそれ初耳」

私は低く呟いた。やっぱり、ネット対応云々(うんぬん)は後付けだったか。

すっかりリラックスしてしまった両親とは対照的に、菅沼さんの唇はまだ震えている。でも、うまく言えないけど、さっきまでとは震え方がちがうように見える。

「そうでしたか。まだ覚えてくれている人がいたんだ」

お母さんが、歌手に笑いかける。

「『終わった人間』なんて、とんでもない。御厨信二は今も私たちの耳の奥で歌い続けてますよ」

菅沼さんが、拳銃を握る手を下ろした。それから、ふわりと笑う。この人の含みのない笑顔を、私は初めて見た気がする。

「忘れ去られたと思っていたのに、こんな形で歌を残してくれる人たちがいたなんて」

十畳間をゆっくり見回すと、菅沼さんはこっちに歩み寄ってきた。座卓の上に、拳銃をそっと横たえる。

ほっと息を漏らした私のそばで、ハルカがへなへなと座り込んだ。この子も緊張することはあるらしい。本人なりに頑張ったようなので、頭をいい子いい子してあげる。

当時は好青年風だったんだろうなと想像させる晴れやかな顔で、菅沼さんがお父さんとお母さんに申し出た。

「どうぞ、警察に連絡してください。田中君、写真撮っていいよ。『ドライヴィング・ガール」の御厨信二、銃刀法違反で逮捕の瞬間』。まあ、カメラの雑誌より、週刊誌とかスポーツ新聞に持って行ったほうがお金にはなると思うけど」

話しかけられた田中さんに、私たちの目が集まる。なんとカメラマン、滂沱(ぼうだ)の涙を流してらっしゃった。

「どっ、どうしたの？」

佐藤さんに尋ねられ、田中さんはしゃくり上げながら答えた。

「だって……、だって、すごくいい歌だったから。は、初めて聞いたけど、売れなかったなんて信じられない」

身も世もない泣きっぷりに、部屋に残っていた緊張感はゆるゆると解けていった。

お父さんが、若かりし頃のアイドルに顔を向ける。

「そうなんですよ。すごくいい歌なんですよ。こんな素敵な歌を作ってくれたキューピッドをお巡(まわ)りさんに突き出したりしたら、ウチのにブッ飛ばされますよ」

「はい。ブッ飛ばします」

お母さんがしっかり頷くと、室内にみんなの笑い声が弾けた。

パンッ

乾いた、そして、すさまじく大きな音が、呑気な笑い声をかき消した。

座卓の上に横たえられた拳銃が、銛(もり)で突かれた鮫(さめ)のように跳ねた。その銃口から、一筋の煙が立ち昇っている。床の間の壁には、できたての穴。年代物の拳銃が暴発したらしい。

七人それぞれが、自分の体に目を走らせる。穴の開いてる人は、どうやらいないらしい。

ハルカみたいに座り込みたいけど、もうちょっとこらえよう。いま腰を抜かしたら、撃たれたと勘ちがいしたお母さんがきっとひっくり返る。

あとは、寝るだけだ。

化粧は落とした。寝床も整えてある。歯も磨いたし、トイレも済ませたし、目覚ましもセットしてある。だからあとは、睡眠導入剤を飲んで寝るだけだ。

気になるのはただ一つ。携帯電話だ。

死ぬ気になればなんでもできるとはいうけれど、溺れて、銃口を向けられて、一日に二度も死ぬ思いをしてもなお、携帯電話の電源を入れることを恐れている。私もずいぶんな臆病者だ。

座布団に座り、座卓の上のピルケースと携帯電話を見比べる。飲んで寝てしまうか、着信を確認してから飲むか。

いや、いつまでも迷ってはいられない。ほとんど忘れかけていたけれど、明日の朝こそは展望台で朝日を見るのだ。嫌なことは今夜のうちに済ませてしまおう。

携帯電話を手に取り、深呼吸をしてから電源ボタンを押す。眠っていた端末が、短い振動とともに立ち上がる。

起動が完了したかどうかのうちに、携帯電話が身を震わせた。留守番電話と新着メッセージが、いくつか入っているようだ。

足が海の底に着かない恐怖に比べたら、嫌いな上司からの音声メッセージなんてどうということもない。言ってみれば趣味の合わないＢＧＭのようなものだ。耳障りだが、それだけだ。

そう自分に言い聞かせ、画面を操作する。留守番電話は、三件入っていた。いずれも、会社から。

『えー、宮里です』あの、苛立たしげな声。『いま電話が切れたみたいだけど、どうなってんだよ。すぐに折り返してください』

相手は昼に言い負かしてやった小物にもかかわらず、条件反射のように血の気が引いてしまった。

続いて、二件目。最初の着信からおよそ十分後。

『宮里です。……また電話します』

最後のメッセージは、それからさらに三十分ほどあとに録音されていた。

『宮里です。ええと、休みのところつまらない件で電話して、えー、……すみませんでした。ゆっくり休んでください』

話の内容が、なかなか飲み込めなかった。不承不承ながら、あの暴言上司が謝罪らしき言葉を口にするなんて。いったいどういう風の吹き回しだろう。

あわてて折り返そうとして、手を止める。雑誌の校了が明けて間もない時期だし、宮里はもう退社しているだろう。それより、情報収集が先だ。

新着メッセージが溜まったアプリを開く。友達と、よく利用している弁当店やコンビニから数件。これはあと回しだ。いつになくたくさん寄せられた『すくすくキッズ』の編集部員たちのメッセージから先に読む。

〈やってくれたよ舞衣子！　まさか宮里の電話切るなんて！〉〈あれで開戦の火蓋が切られたね。宮里顔面蒼白〉〈攻撃的な人間は反撃食らうと脆いって都市伝説じゃなかった！〉

矢継ぎ早に送信された同僚の言葉だけではわけがわからず、先輩のアイコンを押す。

〈お疲れ様です。『有給休暇の意味わかってんのか』にはさすがにキレました。わかっていないのはあの人の方でしょう〉〈佐藤さんは一切気にせず、有給休暇を満喫してくださ

いね〉

続いて、副編集長。

〈佐藤さんへの仕打ちがあまりにひどく、さすがにみんな我慢の限界だったので、その場にいた全員で編集長に抗議しました。編集長からは『今後は発言に気をつける』との言質(げんち)も取りました。またこのようなパワーハラスメントがあれば、対象が誰であれその場で法務部に伝える旨も本人に伝えました。取り急ぎ〉

最後に、後輩。

〈佐藤先輩グッジョブ!!〉〈みんなで編集長のデスク取り囲んですごい雰囲気だったみたいですよ〉〈僕は『事件』発生時は生憎(あいにく)外に出てたんですけどね〉〈あーっ、参加したかったなーっ〉

それぞれのメッセージを五度六度と読み返し、私はやっと携帯電話を置いた。

階下から、中年の男女の笑い声がかすかに聞こえてくる。かつての恋人たちとキューピッドが、思い出話に花を咲かせているらしい。

立ち上がって照明を消し、布団に横たわる。

障子越しの薄明かりの中、木目がうねる天井を見つめ、この二日間の出来事を順に思い出そうとする。しかし、たくさんありすぎて途方に暮れてしまった。本当に二日しかここにいなかったのだろうかといぶかしくなってしまうほどだ。

ふと浮かんだのは、今朝の食堂での光景だ。

——それはもう大歓迎ですけど、ちょっと待っててくださいね。

菅沼から延泊の申し出を受けたときの、女将のあのうれしそうな顔。あのときにはもう、夫婦とも赤いパンツのあやしげな中年男の正体に薄々感づいていたらしい。

そういえば田中も、昼に引っかかりを覚える出来事があったと話してくれた。2号室から6号室に移る際に、菅沼に向かって「どういうのを歌われるんですか?」と、主人がめずらしく客のプライバシーに踏み込むようなことを尋ねたそうだ。先に女将のウキウキした様子を見ていた私がその場にいれば、「おや?」と思っていたかもしれない。実際には、海で死にかけていたわけだけど。

布団の中で声を押し殺して笑ってから、私は大事なことに気づいた。まだ、睡眠導入剤を飲んでいない。ただでさえ睡眠障害を抱えているところに本物の拳銃を突きつけられて興奮しているのだから、飲まなければ一睡もできないだろう。

そう思うのだけど、体を起こすのがひどく億劫だ。瞼も重い。天井の木目を睨んでいるよりも、目を閉じたほうがずっと楽だ。

これは、どういうことなんだろう。菅沼に飲まされた薬のせいだろうか。それとも、溺れて体力を消耗したからかな。それとも、あの危険な鰺のなめろうに負けてごはんをおかわりしたからかな。それとも——。

太平洋から昇る朝日を見たのは、いったいいつ以来だろう。

今年の元旦は寝過ごした。去年は曇ってた。じゃあ、中学のときか。

サンダル履きでも来られるような近所の展望台で、こんなに美しくて雄大で神々しい光景が見られるなんて。なんか、ちょっと得した気分。

桃色に染まっていた海が、日が昇りきった今は金色に変わっている。ここに何時間も立っていれば、徐々に藍色に変わっていく様子が見られるはずだ。そこまで観察できるほど私たちも暇じゃないし、ちょっと眠い。でも、朝からいいものを見られた。散策路を上ってきた甲斐はあった。

佐藤さんのとなりで、ハルカが大きなあくびをする。結局寝たの、一時過ぎだもんな。そりゃ眠いよな。

前のめりになってじっと海を見ていた佐藤さんが、やっと石垣から手を離した。横顔にそっと尋ねる。

「どうでした？　八年ぶりの日の出は」

こっちに目を向けて頷く。

「思ったほど、目が痛くなかった」

「ん？」

「あのときは朝まで飲んだ勢いでここに来たから、とにかく朝日が眩しくて。眼球が潰れるんじゃないかって思った」

「ドラキュラみたい」

笑っていると、ハルカがあの甘ったれた声を発した。

「舞衣子さん、朝まで飲めるなんてすごーい！　私も大人になったら舞衣子さんとお酒を飲んでみたいなっ」

「……ああ、うん。そうね」

「約束ですよ！」

ハルカ君、ゆうべからずっとこの調子なのよ。芸能界との繋がりもありそうな編集者へのおもねりもあるんだろうけど、私と二人でいるときもこんな感じ。気味が悪いったらない。どうも、菅沼さんの「含みのない笑顔を誰にでも向けられるようになれば、未来は明るいと思うよ」という言葉を彼女なりに解釈して、さっそく実践しているらしい。

「さて」佐藤さんが首をすくめ、ジャケットの前を合わせた。「これで目的は果たしたし、建物の中に戻ろうか。海風に当たってけっこう冷えちゃった」

「はーい」ハルカが、幼稚園児みたいに手を挙げた。「行きましょ、舞衣子さん」

もう、腕を組まんばかりの勢い。

このエクストリーム八方美人作戦もそう長く続けられるとは思えないから、二、三日で元のアホな子に戻っていくんだろう。ただ、それまでがちょっとしんどいな。寝床で何度「なっちーすごい」「なっちー勇気ある」「なっちー根性もある」と褒めそやされたことか。

まあ、私は私でお父さんの署名と印鑑が加えられた進路アンケートのプリントを眺めながらずっとニヤついていたから、傍(はた)から見れば従姉妹に引けを取らないアホっぷりだったはずだけど。

そんなことを思い出しながら、二人に続いて散策路を下りる。展望台に来るときは懐中電灯で足元を照らさないと危ないくらいだったけど、今はもう平気だ。秋晴れの一日が、もう始まっている。

段の連続に息を弾ませながら、ハルカが後ろの佐藤さんをひょいひょいと振り返る。

「『すくすくキッズ』、今度本屋さんで買ってみますね」

「え？　うん」

「あんた、まだ必要ないでしょ」

しんがりを歩きながら、佐藤さんが思っているであろうことを声に出す。

「いいの。舞衣子さんの名前探すのが目的だから」

「ハルカさあ、ひと晩で田中さんから佐藤さんに鞍替え？」

ハルカが急に足を止めた。

段の下から、拗ねたような目で私を見上げる。

「だってあの人、嘘ついてたし」

「はっ？　嘘？」

大きく頷き、唇を尖らせる。

「ほんとはプロのカメラマンじゃないんだって。ただの素人だって言ってた」

「なにそれ⁉　いつ⁉」

「たたみいわし取りに一階に下りたとき。呼び止められて、『ごめん』って。超ガッカリ。そのすぐあとでピストル騒ぎが起きて、うやむやになったんだけど」

従姉妹が発した物騒な言葉に、私はあわてて周りを窺った。幸いなことに、早朝の散策路に人影はない。

いったいなんでそんなつまらん嘘をと首をひねる私をよそに、佐藤さんがどこかうれしそうに目を細めた。

「へー、そういうやりとりがあったんだ。ちょっと見直した。田中さん、勇気あるなあ」

ハルカがぷっとふくれる。

「どこがですか。私、最初からあの人あやしいと思ってたんですよ」

そりゃ初耳だ。

私と佐藤さんに笑われたのが意外だったみたいで、ハルカはしばらくキョロキョロしていた。

息を整え、再び歩きだす。散策路が終わってアスファルトの道路に出てきたあたりで、佐藤さんが「ねえ、ハルカちゃん」と従姉妹に呼びかけた。

「はい？」

「もしも、まだ田中さんにあの写真をコンテストに出す意志があったら、オーケーしてあげてくれない？」

「あ、裏から手を回して入選させちゃうとか？」

アホな子のアホな発想に、佐藤さんが肩をゆすって笑う。

「部署もちがうし、私にそんな権力なんかないよ」

「じゃあ、どうして？」

「うん、まあ、写真としては確実に落選レベルだけど、あの青年が抱えてるモヤモヤにもきちんとケリをつけさせてあげたくて」

「にも」という言葉に、佐藤さんが思い出の地に来た理由がなんとなく見えた気がした。菅沼さんもそうだったけど、大人にはいろいろあるんだろうな。

ハルカが、あきらかに納得していない様子で呟く。

「落選確実なんて、やだなあ」

その反応は読んでいたみたいで、佐藤さんは秘密を打ち明けるように声をひそめた。

「写真は落選確実でも、モデルは選考委員の目に留まるかもよ」

「オッケーします！」

「なはははは」

佐藤さんが、声に出して笑った。

まだ人通りのない道を南に進んで、海岸通りに出る。湾の反対側の端に、波を待つサーファーたちの姿が見える。そして、手前の砂浜には見覚えのあるネルシャツ。沖にカメラを向けている。

「あ、田中さんだ」

歩道から浜に下りて、深い砂の上を歩く。展望台から下りてきた私たちにはけっこうな運動だ。

「おはようございます。何撮ってるの？」

後ろから声を掛けると、田中さんは小動物のように飛び上がった。撮るのに夢中になってたか。悪いことをした。

「ああ、おはよう。まあちょっと、海を。朝日を反射してきれいだったたから」

遅れてやってきた佐藤さんが挨拶する。

「おはようございます」

とたんに、田中さんが小さくなった。

「ああ、どうも、……おはようございます」

大丈夫だぜ。佐藤さんも私も正体知ってるし、怒ってないから。

「海ですか」

佐藤さんの問いに、素人カメラマンが頷いた。

「はい。ただ、光が見た目ほどキラキラしてくれなくて。絞り値を小さくすると海面の光がダマになっちゃうし、カメラまかせの設定で撮ると、海と砂浜がなんか汚い色になっちゃうし」

海風の中で、小さくため息をつく。

「一案ですけど」佐藤さんが、人さし指を立ててみせた。「色についてはホワイトバランスをいじってみたらどうでしょうか。たぶん今は『オート』か『太陽光』になってると思うんですけど、『日陰』とか『曇り』に変えてみるとか」

「ああ、そうか。ホワイトバランスか」

「あとは、光をキラキラさせたいならクロスフィルターを使ってみるとか。まあ、あのフィルターはキラキラというよりキランキランになりがちなんで、好みがはっきり分かれますけど、もし興味があったら試してみるのも手ですよ」

「ええ、それが、持ってないんです、フィルター」恥ずかしそうに俯き、手の中のカメラを撫でる。「僕は、ぜんぜんですね」

佐藤さんが、風に煽(あお)られる髪を押さえながら首を振った。

「そうでもないですよ」

「えっ？」

「ゆうべのあれです。あの場でカメラを強制発光に設定するなんて、なかなかできることじゃないですよ」

私にはよくわからないけど、そういうものなのか。

「ええ、はい。光で菅沼さんの注意を引きつけようと思ったんですけど、オートのままだと、あの部屋の明るさじゃフラッシュ焚かないかもしれないと思って」

田中さんは、ちょっとだけ得意そうにはにかんだ。

「なるほど」佐藤さんが、うれしそうに頷く。「いい写真、撮ってくださいね」

「はい」

「田中さん！」

いきなり、ハルカが大きな声を出した。

「はいっ？」

「あの写真、ぜひ使ってください！」

「え？　ああ、はあ。どうも」

後ろを向いて一人でニヤついていたら、海岸通りからこっちに歩いてくる人影が見えた。目を引く赤いパンツ。菅沼さんだ。

ゆうべハルカと見た動画の中の御厨信二は爽やかな好青年風だったけど、四半世紀を経た今朝は、いろいろあって擦れまくった長髪のおじさんだ。でも、当時の体形をほぼ維持しているのは立派といえるかもしれない。

遠くから、私たちに手を振る。

「おはよー」

さすが歌手。声が波音に負けてない。私も「おはよー」と声を張ったけど、届いたかどうか。

こっちに歩いてきた菅沼さんは、なんだかワクワクするようなメロディを口ずさんでいた。「海辺のグランオテル」でもなければ、動画で聴いた「ドライヴィング・ガール」でも「ヘヴン」でもない。

佐藤さんたちと「おはようございます」と挨拶を交わした歌手に、私は尋ねてみた。

「今の、なんて曲？　それもボブ・ディラン？」

菅沼さんが、唇をニッと横に広げる。

「ううん、オリジナル。今朝、目が覚めたらふっと浮かんだ」

「えっ⁉」田中さんが、私たちをのけ反らせるほど大きな声を発した。「曲、できたんですか？　寝起きに？」

「うん。おかげさまで」

菅沼さん、うれしそう。

「すごい！　やった！」

田中さんまでうれしそう。

佐藤さんが、半歩進み出た。

「タイトルは決まっているんですか？」

「いえ、そこまではまだまだ。今はメロディだけで、歌詞もできてないですから。ただ、素敵な少女の歌になるんじゃないかな」

いま、こっち見た？　いや、見たとすればハルカだよな、きっと。

「少女の歌とか、この人やっぱりロリコンだ」

私が眉をひそめると、朝日の中で菅沼さんが苦笑いした。

「ロリコンはひどいなあ」

「でも、いいメロディだと思いますよ。覚えやすいし、キュンとくる」

「ほんとに？　ありがとう。うれしいな」

そう言って菅沼さんが見せた微笑みには、動画に記録された若い頃の輝きがたしかにあった。

考えてみれば、不思議なことだ。目の前にいるこの人の歌がお父さんとお母さんを結びつけたからこそ、いま私が朝の海辺に立っている。

こういうのを、なんて呼ぶんだろう。

奇跡？

うわ、なんかこっぱずかしい。自分で考えて自分で照れてるよ。話題を変えよう。

「それはそうと、ゆうべ、お父さんたちとけっこう夜更かししてたでしょ。こんな早起きして大丈夫ですか？　食堂で歌ってもらう約束したけど、朝ごはんのあとでいいんですよ？」

「うん。あとでちゃんと歌うけど、それはそれとして、犯罪は人目のないうちに遂行しないとね」

不敵に微笑む。

「犯罪って……？」

私の質問には答えず、菅沼さんは蹴るようにコンバースを脱いだ。それから、パンツの裾を捲り上げる。

「ねえ、犯罪って？」

「これさ」

気障ったらしい台詞とともに、歌手は革のジャケットの下から拳銃を取り出した。弾が入っていないことは知っているけど、それでも四人が揃って後ずさりする。

私たちの反応に満足そうに笑うと、菅沼さんは波打ち際に向かって駆け出した。

「そりゃっ」

右手から放たれた黒い拳銃は、くるくると回りながら空を舞うと朝の海に落ちていった。あっという間の出来事だった。

うちの両親のアイドルが、笑顔でこっちを振り返る。

「ほらね。不法投棄と、銃刀法違反の証拠隠滅」

「ちょっとおい！　赤パン！」私は、海と風と菅沼さんに向かって叫んだ。「私の地元の海になんてことを。波に打ち上げられてバレちまえ！」

「ひどいなあ、夏海ちゃん」

肩をすくめた菅沼さんは、波にバランスを崩されてその場に両手をついた。さっそく罰が当たったか。

「うわっ、冷た……くもないや、そんなに。さすがは南房総」

「何やってんだ、あのおじさん」

あきれる私をよそに、体を起こした菅沼さんは田中さんを手招きした。

「おーい、田中君もこっち来て、ちょっと足つけてみなよ」

「いやいや、無理ですよ。カメラ持ってるし」

後ずさりする田中さんと入れ替わるように、ハルカが一歩二歩と進み出た。背中を見れば、海辺育ちの従姉妹がウズウズしているのが手に取るようにわかる。

「あー、気持ちよさそう」

「ハルカ、我慢しなさい。クラゲもまだいるかもしれないし」

「無理！」

私の制止を振り切って、アホな子は波打ち際に駆けて行った。寄せては返す波を蹴り、キャッキャとはしゃぐ。

「あの、これっ」

佐藤さんの手にカメラを押しつけて、田中さんがあとに続く。

波打ち際ではしゃぐ十七歳といい大人たちを眺めながら、私はとなりに立つ佐藤さんに問いかけた。

「行かないの？」

佐藤さんが、首を横に振る。

「二日連続で服を洗ってもらうわけにはいかないでしょ」

「うん？」

「ほら」

指さす先で、波に足をすくわれた田中さんが派手に転んだ。シャツもジーンズも潮まみれだ。

「あーあ。どうすんだあれ」

「ほんとにね」頷いた編集者が、こっちに顔を向ける。「だから次は――」

「次?」

佐藤さんはちょっと照れた様子で、でもしっかりと約束してくれた。

「うん。次は、濡れてもいいように水着を持ってくるよ、夏に」

私は「えへへ」と笑い、それから頷いた。

「待ってるね。夏の月ヶ浦は最高だよ」

解　説——旅気分に浸れる人生喜劇

瀧井朝世（ライター）

「グランド・ホテル」という名の古典名作映画がある。

　ヴィッキー・バウムの原作小説もあるが映画のほうが有名なのは、第五回アカデミー賞を受賞したからだろう。一九三二年アメリカ公開、監督エドマンド・グールディング、主演グレタ・ガルボのモノクロ作品である。舞台はベルリンの高級ホテル。宿泊客は、人気が落ち込み自信を喪失しているバレリーナのグルシンスカヤ、借金に悩む自称「男爵」のガイゲルン、余命を宣告され人生最後に贅沢をするつもりの老人クリンゲライン、彼が勤務していた会社の社長で、経営の危機に直面しているプライジング。彼らや、プライジングに雇われてやってきた速記者のフレムヒェンらがホテル内で出会い、思いもよらない人生の転機を迎えていく。妻が出産を控えて気が気でない従業員なども遠景に置いた群像劇だ。ひとつの場所で複数のストーリーが同時進行し、それが絡まり合っていく脚本が絶賛され、その後こうした手法は「グランド・ホテル方式」と呼ばれるようになった。と説明すれば、一見本作とは関係のない映画について長々と説明した理由がお分かりだろう。

『房総グランオテル』はこのグランド・ホテル方式を踏まえた群像喜劇である。「グランオテル」の英語読みは「グランド・ホテル」。著者がこの古典を意識していなかったとは思えない。手法以外の共通点としては、舞台が宿泊施設であること、客がみな切羽詰まった事情を抱えていること、二泊三日の間の出来事が描かれること。大きく異なる点でいえば、もちろん場所が千葉の房総であること、高級ホテルどころか小さな民宿であること、登場人物が少なくコンパクトになっていること。また、映画「グランド・ホテル」に出てくるのは大人ばかりだが、本作は高校生の夏海を中心に置いて、著者が得意とする青春小説の味わいを持たせているのも特徴だ。この、とにかく底抜けに明るくて人懐っこい夏海が、物語を牽引していく（引っ掻き回す、ともいえる）。

藤平夏海は高校二年生。千葉の太平洋側、いわゆる外房の月ケ浦にある民宿、房総グランオテルの一人娘だ。祖父母が経営していた頃は〈ふじひら荘〉という名前だったが、両親が継いでリフォームした際に屋号も改名したというこの民宿。従業員は料理人の父、接客や経理を担当する母だけで、夏海も積極的に手伝っている（繁忙期には引退した祖父母や従姉妹のハルカもやってきて戦力となる）。オフシーズンの十月、翌日の休校日にハルカとともに客室での宿泊を楽しみにしていた夏海だが、その日やってきた三人の客はみんな、なんだか様子が怪しい。二泊の予定の佐藤舞衣子はあまりに陰気だし、一泊予定の菅沼欣二は明るいが、夜中までギターをかき鳴らし大声で歌う迷惑者。二泊素泊まり予定の田中達郎はカメラバッグを抱えているが、どこか挙動不審。夏海と、宿泊客三人の間で視点をスイッチしながら、物語は進んでいく。

客三人それぞれの事情は本編を読んでのお楽しみ。それが、他の客や藤平家の三人、翌日やってくるハルカと関わり合ううちに、微妙な化学変化が起きていく。笑いながらあっという間に読めてしまうかもしれないが、じつはタイムテーブルの作り方が巧みで、とても丁寧に構築されている作品だ。一体彼らに何が起き、どう状況が変わっていくのか。巻頭でかなり不穏なシーンが披露されており、なぜそんな状況になってしまうのか、その興味でも読ませる。

構成と展開、各キャラクターたちの個性や魅力で充分楽しませるが、「ああ面白かった」だけで終わらない余韻を残すのも本書の魅力だ。

宿泊客の三人は、現在の自分に対して諦めや絶望、焦りを抱いている。彼らが置かれているのは決して特別なシチュエーションではなく、読者もみな、この三人のうちの誰かしら、どこかしらに共感を持つのではないか。また、人は苦しんでいる時、世の中で生きづらい思いをしているのは自分だけのように感じてしまいがちだが、本作は隣人だってそれぞれ悩んでいるのだ、と伝えてくれている。苦しいのは自分だけじゃない。そして、自分の悩みをいったん脇に置いて誰かを励まそう、助けようとした時、それが結果的に活力に繋がっていくとも教えてくれている。

人生に行き詰まっている大人たちと、未来に夢を抱いている高校生たちが対照的だ。コメディらしく、夏海もハルカも行動が極端だったり短絡的だったりする部分があるものの、その未来に対する計画性も無計画性も、大人から見るととても眩しい。自分の未来をどうにかしようと望んでいる彼女たちと出会うからこそ、大人たちは活力を取り戻しているようにも見えるのだ。

旅に出て非日常な体験をして人生観が変わる、というストーリーは珍しいものではない。ただ、本作の場合、宿泊客たちはみな東京に住んでいる。月ヶ浦は東京から特急列車で一時間二十分とあるから、彼らにとって決して「遠いどこか」ではない。気軽な気持ちで出かけられる範囲内に、転地療養的な効果を与えてくれる場所があるのだ。自分を変えたい時、人生が嫌になった時、心の閉鎖空間に閉じこもっていないで、ちょっとだけどこかに足を延ばすだけで、何かが変わるかもしれない。そんな予感を抱かせる。

それにしても全編を通じて、月ヶ浦がなんと魅力的に描かれていることか。物語のはじまり、夏海が下校して月ヶ浦駅に到着し、帰宅するまでの行程の描写だけで、この町の地形的魅力がたっぷり伝わってくる。父親の提供する新鮮な魚介類などの料理はもちろん、宿泊客たちが立ち寄る店の料理も美味しそう。こんな善良な家族が経営する、料理も確かな民宿があるならぜひ泊まりたい。奮発して金目鯛はもちろん、伊勢海老アンド鮑も食べ、朝は展望台に上り、昼は海沿いを散策したい（佐藤さんのようにならないよう注意しつつ）。月ヶ浦は架空の町だが、知る人が読めばどの町がモデルか想像がつくはず。知らない人でも、「安房鴨川方面行き」の列車や、月ヶ浦駅が「大原駅から十分」といった描写から、調べればすぐに特定できるはずだ（無粋なのでここには明記しない）。

この文庫が刊行される現在、世界はコロナ禍にある。なかなか遠出できない今、ページを開いて旅気分が味わえるのは慰めになるし、この状況が落ち着いたら外房に行きたいという気持ちは、ちょっぴり未来への希望になる。プチ転地療養を、本の中で味わえるというわけである。

著者の越谷オサムは二〇〇四年に『ボーナス・トラック』で第十六回日本ファンタジーノベル大賞優秀賞を受賞してデビュー。切ない恋愛物語『陽だまりの彼女』や、津軽三味線が特技という青森の少女がメイドカフェでアルバイトを始める『いとみち』など映画化もされた小説をはじめ、良作を数々発表している。本作は著作のなかでもコメディ寄りの一作だといえるが、他のどの作品もページターナーであり、人生のままならなさと人間の愛おしさを描き、最終的には読者になにかしら励ましを与えてくれる点は同じ。どれを手に取っても、その熟達したエンターテイナーっぷりを、たっぷり堪能できるはずだ。

（この作品は平成三十年三月、小社より四六判で刊行されたものです。なお、この作品はフィクションであり、登場する人物および団体はすべて実在するものといっさい関係ありません）

房総グランオテル

一〇〇字書評

切り取り線

購買動機（新聞、雑誌名を記入するか、あるいは○をつけてください）	
□（　　　　　　　　　　　　）の広告を見て	
□（　　　　　　　　　　　　）の書評を見て	
□ 知人のすすめで	□ タイトルに惹かれて
□ カバーが良かったから	□ 内容が面白そうだから
□ 好きな作家だから	□ 好きな分野の本だから

・最近、最も感銘を受けた作品名をお書き下さい

・あなたのお好きな作家名をお書き下さい

・その他、ご要望がありましたらお書き下さい

住所	〒				
氏名		職業		年齢	
Eメール	※携帯には配信できません		新刊情報等のメール配信を 希望する・しない		

この本の感想を、編集部までお寄せいただけたらありがたく存じます。今後の企画の参考にさせていただきます。Eメールでも結構です。

いただいた「一〇〇字書評」は、新聞・雑誌等に紹介させていただくことがあります。その場合はお礼として特製図書カードを差し上げます。

前ページの原稿用紙に書評をお書きの上、切り取り、左記までお送り下さい。宛先の住所は不要です。

なお、ご記入いただいたお名前、ご住所等は、書評紹介の事前了解、謝礼のお届けのためだけに利用し、そのほかの目的のために利用することはありません。

〒一〇一－八七〇一
祥伝社文庫編集長　坂口芳和
電話　〇三（三二六五）二〇八〇

祥伝社ホームページの「ブックレビュー」からも、書き込めます。
www.shodensha.co.jp/bookreview

祥伝社文庫

房総(ぼうそう)グランオテル

令和 3 年 7 月 20 日　初版第 1 刷発行

著　者　越谷(こしがや)オサム

発行者　辻　浩明

発行所　祥伝社(しょうでんしゃ)

東京都千代田区神田神保町 3-3

〒 101-8701

電話　03（3265）2081（販売部）

電話　03（3265）2080（編集部）

電話　03（3265）3622（業務部）

www.shodensha.co.jp

印刷所　堀内印刷

製本所　ナショナル製本

カバーフォーマットデザイン　芥 陽子

Printed in Japan ©2021, Osamu Koshigaya　ISBN978-4-396-34737-6 C0193

祥伝社文庫の好評既刊

柚木麻子　**早稲女(ワセジョ)、女、男**

自意識過剰で面倒臭い早稲女の香夏子(かなこ)と、彼女を取り巻く女子五人。東京で生きる女子の等身大の青春小説。

乾　ルカ　**花が咲くとき**

真夏の雪が導いた謎の老人と彼を監視する少年の長い旅。人生に大切なものが詰まった心にしみる感動の物語。

瀧羽麻子　**ふたり姉妹(しまい)**

東京で働く姉の突然の帰省で姉妹の確執が⁉　正反対の二人がお互いと自分を見つめ直す、ひと夏の物語。

原　宏一　**佳代(かよ)のキッチン**

もつれた謎と、人々の心を解くヒントは料理にアリ？「移動調理屋」で両親を捜す佳代の美味しいロードノベル。

原　宏一　**女神めし**　佳代のキッチン2

食文化の違いに悩む船橋(ふなばし)のミャンマー人、尾道(おのみち)ではリストラされた父を心配する娘――最高の一皿を作れるか？

原　宏一　**踊れぬ天使**　佳代のキッチン3

移動調理屋の支店をやってくれる人を探すため、佳代は人々に料理を教え、教えられ――最後に見つけたものは？

祥伝社文庫の好評既刊

小路幸也　**娘の結婚**

娘の結婚相手の母親と、亡き妻との間には確執があった？　娘の幸せをめぐる、男親の静かな葛藤と奮闘の物語。

小路幸也　**アシタノユキカタ**

元高校教師の〈片原修一〉のもとに現れたキャバ嬢と小学生の女の子。札幌から熊本まで三人は旅をすることに。

小路幸也　**マイ・ディア・ポリスマン**

超一流のカンを持つお巡りさん・宇田巡が出会った女子高生にはある特殊能力が。ハートフルミステリー第一弾！

小路幸也　**春は始まりのうた**　マイ・ディア・ポリスマン

スゴ技を持つ美少女マンガ家は、恋人のお巡りさんを見張る不審な男に気づく。謎多き交番ミステリー第二弾！

関口　尚　**ブックのいた街**

商店街犬のブックが誰にも飼われない理由とは？　住民に愛された一匹の犬の生涯を描く、忘れられない物語。

大崎　梢　**空色の小鳥**

その少女は幸せの青い鳥なのか？　亡き兄の隠し子を密かに引き取り育てる男の、ある計画とは……。

祥伝社文庫の好評既刊

近藤史恵　スーツケースの半分は

あなたの旅に、幸多かれ——青いスーツケースが運ぶ〝新しい私〟との出会い。心にふわっと風が吹く幸せつなぐ物語。

近藤史恵　新装版　カナリヤは眠れない

彼女が買い物をやめられない理由とは？　身体の声が聞こえる整体師・合田力が謎を解くミステリー第一弾。

近藤史恵　新装版　茨姫（いばらひめ）はたたかう

臆病な書店員に忍び寄るストーカーの素顔とは？　迷える背中をそっと押す、整体師探偵・合田力シリーズ第二弾。

近藤史恵　新装版　Shelter（シェルター）

殺されると怯える少女——秘密を抱える姉妹の再出発の物語。心のコリをほぐす整体師探偵・合田力シリーズ第三弾。

宮津大蔵　ヅカメン！　お父ちゃんたちの宝塚

タカラジェンヌの〝お父ちゃん〟となった鉄道員の汗と涙の日々。タカラヅカを支える男達が織りなす、七つの奮闘物語。

宮津大蔵　ワイルドでいこう　疾走する車いす

体は自由に動かせないけど、髪も染めたいし、プロレスもしたい！　障がいとともに疾走する人々の「生」を描く。